Phil Ricardson

INCONDITIONNEL

« *Tout comme la lune, qui n'illumine la nuit que par le reflet de l'éclat du soleil, notre côté sombre n'est que le reflet de ce que nous sommes. Plus nous éclairons notre côté positif, plus nous éclairons notre côté sombre, jusqu'à le faire disparaître.*»

Phil Ricardson. Inconditionnel. 2014.

© 2019, Ricardson, Phil
Edition : Books on Demand,
12/14 rond-Point des Champs-Elysées, 75008 Paris
Impression : BoD - Books on Demand,
Norderstedt, Allemagne
ISBN : 9782322127498
Dépôt légal : janvier 2019

Inconditionnel

CHAPITRE I

Encore un rendez-vous, ça devient une habitude déplaisante. Il faut vraiment que j'arrête de traîner sur ces sites de rencontre, ça devient glauque. Cette fois-ci, j'ai décidé de changer, j'ai donné rendez-vous au parc arboré situé non loin de chez moi, près du canal qui traverse la ville.

Depuis le temps, j'ai l'impression de m'être spécialisé dans les premiers rendez-vous, éliminant au fur et à mesure les choses à ne pas faire et à ne pas dire. Une mécanique bien huilée comprenant dans l'ordre, un malaise qui se dissipe plus ou moins rapidement, une interminable conversation devant un café, puis devant l'apéro, avant d'entamer le restaurant si tout va bien.

Difficile de décrire ce que l'on ressent dans ces moments-là. Juste cet instant de découverte, ce flot d'informations qui dure trois à quatre minutes après la rencontre. Comment elle est habillée, le son de sa voix, sa démarche, son charisme et son langage corporel. Tant de données et d'émotions à gérer en si peu de temps. Pas simple voire même épuisant parfois. Il faut ensuite intégrer tout ça dans la moulinette de ses expériences et rencontres passées, le tout saupoudré d'un peu de psychologie. Sait-elle que je l'observe sous toutes ses coutures, physiques et même mentales ? Fait-elle de même ? Très certainement.

Je lui ai donné rendez-vous vers seize heures trente. Le timing est calculé pour permettre l'enchaînement apéro-resto ou bien de se dire un au revoir poli vers dix-huit heures. Une heure trente, c'est largement suffisant pour découvrir si la personne me convient et ressentir si ça pourrait coller ou pas.

J'avance donc vers le parc. J'aime ce bout de verdure niché au cœur de la ville. J'aime y flâner, observer les passants. Ce parc offre un contraste frappant avec le béton alentour. J'ai l'impression que le comportement des gens est différent lorsqu'ils arpentent ces allées arborées. Plus d'étiquettes, plus de faux-semblants, on ne peut pas mentir quand on est face à la nature, face à sa vraie nature.

Pourquoi ai-je accepté ? Quels sont les facteurs qui nous font accepter des rendez-vous avec une personne de sexe opposé (ou pas) ? Se sent-on plus épanoui lorsqu'on peut plaire à quelqu'un ? Est-ce l'emprise que l'on a sur autrui qui nous donne l'impression d'être plus forts, ou a-t-on simplement besoin que quelqu'un pense à nous parce que nous sommes formatés dès le plus jeune âge à vivre en couple ? Dès le plus jeune âge, des messages nous sont martelés directement ou indirectement et ce, pendant des années. Tu dois trouver quelqu'un, tu dois te marier, fonder un foyer, travailler quarante deux ans et demi, dépenser pour faire avancer l'économie. Dans ce parc, je vois les gens simplement heureux de pouvoir être vrais, à jouer, méditer, lire, flâner sans rendre de compte à personne. Deux cents mètres plus loin, à la périphérie de ce petit coin de paradis, dans cette ville polluée et dangereuse pour la santé mentale, je peux observer des personnes, stressées, fatiguées et déprimées. Je me dis que c'est bien dommage d'en arriver là. Enfin, je parle des gens, mais je suis comme eux, programmé pour travailler, consommer sans poser de question.

Je dois changer de vie, je le sais, j'en ai pleinement conscience. Je le conseille à tout le monde autour de moi sans pour autant me l'appliquer à moi-même. Constat peu glorieux, mais en avoir conscience est un bon début, non ? Je tente de me rassurer comme je peux.

Encore une heure avant ce rendez-vous. Bon, tout est ok de mon côté, le ménage est fait au cas où. Je suis rodé, tout est calculé, je sais très rapidement si ça ira plus loin que la simple discussion dans ce parc. Si ça ne mène à rien, inutile de perdre mon temps, ni le sien. Ce temps si précieux aujourd'hui. Pourquoi d'ailleurs, ai-je l'impression que le temps avance plus vite aujourd'hui qu'il y a trente ans ? J'ai tout simplement, à l'instar de millions de personnes, cette nécessité viscérale de devoir combler le vide de mon existence par un maximum de choses faites dans la journée. Un vide comblé par des rencontres sporadiques devant la machine à café du boulot, devant mon plateau repas le midi ou sur internet. Maigre consolation puisque le lendemain, ce vide doit être à nouveau comblé. « Quand on comble un vide avec de la merde, il faut tirer la chasse d'eau, sinon gare aux sinus. » Résultat, tout est à recommencer le lendemain.

Je trouve un banc esseulé et propre et m'y installe. Le soleil daigne enfin se lever, première bonne nouvelle de la journée. Je pourrai me dire avant de me coucher : « ah, au moins, il a fait beau! »

Seize heures trente, ça y est, c'est l'heure. Elle n'est pas encore là. Bon, j'ai à faire à une femme non ponctuelle. Plusieurs cas de figures me viennent spontanément à l'esprit, elle se laisse désirer, elle est désorganisée, elle a eu des problèmes en chemin, elle va me poser un lapin, ou encore sa grand-mère est morte et elle a fait tomber son téléphone dans les toilettes, ou plutôt, son téléphone est mort et sa grand-mère est tombée dans les toilettes et donc n'a pas pu me prévenir de son retard. Je rigole tout seul, deuxième bonne nouvelle de la journée : j'ai ri.

Ah, une femme passe par l'entrée nord. De mon banc où je suis installé plus ou moins confortablement, je peux voir deux des trois entrées du parc. Endroit stratégique puisque je peux observer les nouveaux entrants sans être vu directement. Pas mal, elle ne ressemble pas à la photo, mais pourquoi pas. Elle vient vers moi, et bifurque sur l'allée centrale. Merde. Bon tant pis. Un vieux monsieur avec son chien entre à son tour. Il a l'air gentil, mais par expérience, je me méfie des gens aux apparences trop gentilles. Psychopathes, pervers, pédophiles, gens violents... autant de pathologies se cachent derrière des façades trop parfaites. Pourquoi les gens se méfient-ils de leur voisin dans le métro, le bus ou sur le trottoir ? Parce que le mal est en chacun de nous, le mal, le mensonge, la colère, la peur, la violence, tous ces défauts qu'on a, on sait que les autres les ont également et parfois plus accentués que les nôtres. Difficile d'avoir confiance de nos jours.

Une petite dame d'une soixantaine d'années passe maintenant le portail. C'est elle ? Elle m'aurait menti sur son âge ? Une cougar en recherche d'un petit jeune de quarante ans ! Il faudra que j'alerte la brigade des mineurs si c'est le cas.

Inconditionnel

Deux clochards m'observent de leur banc situé quasiment en face de moi. Que se disent-ils ? Ils communiquent sûrement dans un dialecte inconnu du citoyen lambda. Un langage qu'on
5   acquiert à partir de deux grammes d'alcool dans le sang. Il m'est arrivé deux ou trois fois après une soirée légèrement…disons… difficile, de comprendre quelques mots de ce langage ancestral oublié des Dieux et des Hommes.
10   Pourquoi sont-ils là ? Ont-ils toujours été des marginaux ? Sont-ils nés dans la rue ? Sont-ils des anarchistes des temps modernes, en marge de la société, ne cautionnant pas le consumérisme ambiant ? Celui de droite a peut-
15   être perdu toute sa famille lors d'un tragique accident de voiture. Désœuvré, il se punit pour avoir tué ses proches. Celui de gauche était peut-être un gars bien, bonne situation, marié et il a tout perdu à cause de l'alcool qui le rongeait
20   depuis quelques années. Qui sait ? Qui peut juger le parcours d'une personne tant qu'elle n'a pas vécu des choses semblables ? Peut-on les blâmer ?

J'entends des rires, certainement de jeunes
25   tourtereaux qui pensent qu'ils ont la vie devant eux. Il pense peut être que cette fille sera sa future épouse et qu'ils auront trois enfants. Peut-être ne peut-il pas procréer et qu'elle le quittera pour cette raison. Peut-être finira-t-il sur le banc

en face de moi avec une bouteille de gros rouge à la main.

Bon, dix minutes de retard et pas de sms. J'attends encore dix minutes et je pars et tant pis pour elle.

Mon téléphone vibre, sûrement le boulot. J'ai beau prendre des jours de congés, ils ne me foutent pas la paix. Juste envie de les envoyer bouler, mais je me retiens, comme quatre-vingt-dix pour cent des gens face à ce genre de situation. Encore un dossier urgent à rendre. Ça devient dingue, depuis deux ans, j'observe que les dossiers sont de plus en plus urgents. Il faut aller de plus en plus vite, avancer coûte que coûte sinon, on se fait remplacer par du sang neuf qui va s'user et ainsi de suite. Être en bout de chaîne des dossiers n'est pas évident. Les premiers procrastinent et le dossier devient de plus en plus urgent lorsqu'il arrive dans mes mains. Du coup, c'est bibi qui trinque.

Oups, c'est peut être mon rendez-vous qui essayait d'appeler. Je suis obnubilé par mon travail... et bien oui, c'est elle. Elle m'envoie un sms pour me dire qu'elle aura du retard. Merci, j'avais remarqué !

Que lui répondre ? « Trop tard je suis parti, désolé, bonne continuation. » ou encore « Je ne supporte pas les gens qui sont en retard, mais ce n'est pas grave » finalement, j'opte pour un « ok, j'attends au parc. À tout à l'heure. ».

Bon, a priori, quinze minutes de retard annoncé, donc je peux compter sur elle dans trente minutes. On apprend à lire entre les lignes avec l'âge.

Une armada de mères de famille passe avec les landaus devant mon banc. Je n'ai jamais compris pourquoi ces mères devaient sortir en troupeau. J'ai aussi poussé un landau et je ne me vois pas appeler tous mes potes pères et leur dire : « eh les copains, ça vous dit une virée en landaus dans le parc ? Ça va être génial on va parler couches et lancer plein de rumeurs ! ». Pas très crédible je trouve, ni très viril. Mais bon, ça a l'air d'être une coutume chez ces dames. Je pense que ce rite doit exister depuis l'invention du landau. Ne dérangeons pas cet étrange ballet et laissons les commérer en paix. Après tout, elles sont seules chez elles, donc un peu de discussion doit leur faire du bien.

Au tour du jeune cadre dynamique de rentrer par le portail est. Costume, cravate, valisette, téléphone en main. Je le vois pressé, il va sûrement passer sans s'arrêter, juste pour couper par le parc. Il y passe aussi pour faire le beau devant ces mères de famille admiratives devant tant d'assurance. J'appelle ça, l'effet costume ou l'art de mettre un masque sans porter de masque.

Combien de temps va-t-il tenir ? Vu son âge, son assurance et le nombre de cheveux qu'il arbore, il doit tout juste débuter dans son métier.

Il va vite déchanter. L'entreprise a la fâcheuse tendance à broyer les espoirs des plus jeunes en vampirisant leur force vitale et leur enthousiasme.

5   Autant de cynisme en une journée, je fais fort aujourd'hui.

Je vais aller me prendre un café dans le troquet d'en face histoire de me réchauffer un peu. Ce soleil printanier est bienfaiteur, mais peu

10   lumineux et par conséquent apporte peu de chaleur.

Installé dans le troquet, j'en profite pour jeter un coup d'œil aux actualités sur mon smartphone. Tiens donc, des chercheurs auraient

15   découvert le fameux Boson de Higgs, le chaînon manquant comme ils aiment à le dire. Autre grande nouvelle, un chaton filmé en train de bailler aurait récolté sept cents millions de vues sur YouTube. Je ne veux pas paraître défaitiste,

20   mais, Messieurs les chercheurs, pour être réputé aujourd'hui il vaut mieux étudier la vie des chatons que la vie d'un Boson.

« Consternant. »

La fumée s'échappant de la tasse de mon café

25   serré, qui par ailleurs est de plus en plus petit et paradoxalement de plus en plus cher, et la chaleur retrouvée me plongent dans un état de somnolence laissant mon imagination inconsciente déborder par-delà les barrages

30   conscients programmés depuis ma plus tendre

enfance. D'ailleurs, je remarque que les mots utilisés ne sont pas anodins. Dans le terme tendre, il y a certes la connotation douceur, mais également la connotation malléable. Depuis 5 notre plus tendre enfance, nous sommes façonnés par nos pères et fascinés par nos pairs. Ils nous apprennent à être créatifs, à être indépendants. Mais si liberté et cette créativité est appréciée lorsque nous sommes jeunes, elle 10 l'est de moins en moins en grandissant. Les gens nous regardent différemment si nous tentons de garder cette part de liberté. Nous sommes donc en conflit permanent entre ce que nous rêvons être et ce qu'on nous demande d'être. Pour nous 15 sociabiliser, nous abandonnons donc cette part de nous qui nous fascine pour l'enterrer aux côtés de nos rêves d'enfants.

Nous cherchons, par la suite, à retrouver ces moments heureux, de joie et d'insouciance lors 20 de l'acte de (pro)création. Cet acte qui, en quelque sorte, nous rend plus libre qu'à l'habitude. Nous négligeons cette partie de nous qui nous rend libre par l'esprit.

Mes pensées me ramènent à une discussion 25 que j'ai eue avec un ami il y a quelques semaines sur le sujet.

Je suis constitué de milliards d'unités, atomes, électrons, décomposés dans la mort puis recomposés pour redonner vie, une nouvelle fois. 30 *Ces milliards d'atomes qui font mon être aujourd'hui, ont, un jour, été les éléments d'un maillon constituant un autre homme, une femme, une fleur, un oiseau, morts à leur tour pour me donner la vie. Nous sommes l'addition de multiples unicités. Je suis nous, nous sommes un... depuis la nuit des temps.*

Le bruit d'un klaxon dans la rue me sort de ma rêverie. Et bien, je suis bien philosophe aujourd'hui, je vais me déchirer des neurones avant le rendez-vous, il faut que je me calme.

Je crois que c'est l'heure, je règle mon moka en pestant contre son prix exorbitant et m'en vais rejoindre mon rendez-vous.

J'approche du parc et vois, assise sur un banc, une demoiselle qui ressemble à sa photo de profil. C'est déjà un bon début, enfin quelqu'un d'honnête qui met une vraie photo sur internet. Elle ne m'a pas vu, elle regarde son téléphone. J'ai encore le choix de partir ou de m'avancer vers elle en souriant, histoire de faire une bonne première impression. C'est important la première impression. Personnellement, si les premiers échanges tant physiques qu'intellectuels ne collent pas, je ne donne pas cher de la suite.

Allez, je me lance. Sourire crispé, j'avance vers elle. M'a-t-elle remarqué ?

Je m'approche et lui lance un « Bonjour », formule d'approche qui me vaut un bonjour en retour.

« Élodie ? »

Son bref sourire en retour me redonne confiance et j'entame la conversation.

« Finalement, c'est moi qui suis en retard ! » lui lancé-je.

5 « Je viens d'arriver, ce n'est pas grave. »

Heureusement que ce n'est pas grave, ça faisait plus d'une heure que je l'attends !

On s'assied tous les deux sur le banc pour commencer la discussion. Après plusieurs 10 minutes, je me rends compte qu'elle n'est pas très bavarde. Je sens que ça va être long. S'en suit, comme dans certains cas, un long monologue ponctué toutes les deux minutes par une perche lancée dans la conversation pour la 15 stimuler un peu et pour voir si elle suit. Après quelques réponses évasives de sa part à des questions classiques, je suis rassuré : elle peut réfléchir. Je lui propose d'aller prendre un café pour continuer la conversation et la forcer un peu 20 à se dévoiler. Sans informations, difficile de se faire une opinion.

Après quelques minutes de marche, on finit par rentrer dans un café qui nous convient à tous les deux.

25 Je la laisse s'installer et lui dis :

« Je reviens, n'en profite pas pour t'enfuir ! »

Elle esquisse un léger sourire et me laisse à ma séance de méditation aux toilettes permettant de soulager l'heure d'attente et le café précédent.

Bon, je résume dans ma tête, Élodie, trente-quatre ans, travaillant dans le marketing, célibataire depuis quelques mois me dit-elle. Pour cette dernière réponse, j'ai un doute. Son regard était un peu trop persistant lorsqu'elle m'a dit ça alors qu'elle avait le regard plutôt fuyant quand il s'agissait de réponses facilement vérifiables. J'en conclus qu'elle s'est remise avec son ex plusieurs fois ou qu'elle a eu quelques histoires sans lendemain et qu'elle ne l'assume pas.

Mes pensées me rattrapent.

« Je suis ce que je ne suis pas »

Cette phrase m'a traversé l'esprit ce matin en me levant. Elle paraît anodine, mais me fait comprendre qu'il est difficile de se décrire. Il serait plus logique et plus facile de décrire ce que nous ne sommes pas ou plutôt ce que nous estimons ne pas être plutôt que de décrire ce que nous sommes. De nos jours, on nous demande de plus en plus de nous décrire, sur les CV, les sites de rencontre… Dans ces cas-là, plusieurs choix s'offrent à nous, soit de le faire sérieusement en tentant de décrire sa personnalité, soit en restant évasif, soit en le prenant avec humour. Je me suis amusé à me décrire sans me décrire sur le site qui m'a permis de rencontrer cette jeune femme.

Décrivez-vous - *Je suis : un enfant, un vieillard, un père, un cosmonaute, un astrophysicien, un* *écrivain, un clown, un ami, un confident, un amant, un meneur,*

Je ne suis pas : différent des autres et pourtant je le suis...

5 *non je déconne, en fait, je suis dépressif chronique, j'habite chez mes parents, je cherche chez une femme une maman pour me dire quoi faire, pour faire ma vaisselle et mon ménage, mais avant tout, j'aime le second degré...*

10 **Décrivez vos loisirs: que faites-vous de vos soirées, de vos week-ends ? -** *Alors, pour commencer, je me lève...*

Quelles sont les vacances que vous préférez ? - *Les vacances de M. Hulot.*

15 **Si vous ne deviez garder qu'un seul objet avec vous, lequel serait-ce ? -** *Une boîte. Une boîte pour y mettre mon cœur et te l'offrir lorsque je t'aurai enfin trouvée...Ou alors, pour faire plus glamour, j'hésite entre ma perruque,*

20 *mon dentier ou mon œil de verre...*

Quel est le livre qui vous a le plus touché(e) ? Pourquoi ?

- « Oui-Oui a perdu son klaxon », c'est un livre qui m'a bouleversé. Écriture fluide, plusieurs

25 *niveaux de lecture. Une fin haletante : jusqu'à la fin, on ne sait pas s'il va retrouver son klaxon...*

Décrivez votre profession : que faites-vous ? Êtes-vous votre propre patron ? Quels sont vos horaires de travail ? - *Maître du monde. Enfin,*

30 *c'est ce que je voudrais. Actuellement, je suis*

toiletteur pour hérisson, mais ce métier manque de piquant.

Sérieusement, à questions connes, réponses connes. Celle qui comprendra mon second degré 5 sera la bonne, c'est sûr.

Bon, je vais essayer de contenir mon cerveau pendant quelques heures sinon elle va prendre peur. Fichtre, je n'aimerais pas vivre dans mon cerveau, c'est un de ces bordels !

10 Comme prévu, on parle, boit, enfin, je parle beaucoup et elle boit beaucoup. Les minutes défilent jusqu'à annoncer dix-huit heures, l'heure fatidique.

N'ayant pas mangé de la journée, j'espère 15 qu'on en vienne rapidement à la phase restaurant. Mon ventre gargouillant me fait penser à une question métaphysique d'un ami : si je me mange, est-ce que je disparais ou est-ce que je deviens deux fois plus gros ?

20 Je ne peux m'empêcher de sourire bêtement et chance, une fois n'est pas coutume, elle finit en même temps une phrase drôle, enfin c'est ce que je me dis puisqu'elle sourit en la finissant.

Dans tous les cas, j'espère qu'elle n'est pas 25 végétarienne, végétalienne ou pire végane !

Après tous ces cafés, je lui propose d'aller ailleurs dans un petit restaurant sympa non loin de chez moi.

« Pourquoi pas » me dit-elle sans grande 30 conviction me semble-t-il.

Nous nous retrouvons donc en tête-à-tête dans ce restaurant. La discussion dure, le repas se passe bien, elle se lâche un peu et discute de tout et de rien. Il est déjà minuit passé, on a bu au moins cinq cafés, puis enchaîné sur l'apéro et une bouteille de vin.

L'alcool aidant, elle finit par se détendre, laissant son corps s'exprimer à sa place. Finalement, elle est plutôt jolie, lorsqu'elle sourit, ses fossettes rendent son visage moins dur. Comment me trouve-t-elle ? Je dirais que, vu son attitude, je ne lui déplais pas. Est-ce qu'une histoire peut découler de cette rencontre ? Je me dis que pourquoi pas. Je décide donc d'aller plus loin avec elle si ça l'intéresse également.

Elle ne se presse pas lorsqu'il faut régler l'addition. En grand seigneur, je lui ai proposé de payer les différentes collations de la soirée. Elle me remercie et me sort la phrase bateau dans ces cas-là :

« La prochaine fois, c'est pour moi ! ».

Elle me fait marrer cette phrase, souvent, celui ou celle qui la sort oublie rapidement qu'il doit rembourser sa dette ou s'il s'agit de rendez-vous galant, la personne sait qu'il n'y aura pas d'autres rendez-vous et qu'elle fait l'économie d'un restaurant. Plus d'actes, moins de blabla !

Avec l'alcool, mon attention se dissipe…

Au-delà de nos actes, nos pensées ont-elles le pouvoir de créer le début du chaînon d'une quelconque matière, qui elle-même serait un premier maillon de la matière que nous côtoyons
5 *tous les jours ? La vie ne serait qu'une réminiscence de quelques autres pensées, modifiée par notre esprit, notre vécu, nos expériences ? La matière et donc la vie, pourraient-elles être issues de notre pensée ? Ou*
10 *bien celle-ci ne sert-elle que de liant permettant la transformation de la matière ? Et notre conscience pourrait-elle être l'accumulation ordonnée d'un ensemble de briques élémentaires de pensées ?*
15 Julien ! Eh oh, Julien !

Je sors de ma rêverie. Oups, elle est encore là. Elle ne s'est pas enfuie en courant, c'est plutôt bon signe. La dernière m'avait laissé en plan au milieu du restaurant après avoir attendu dix
20 minutes que je sorte de mes pensées. Elle m'avait dit après coup qu'elle pensait que je m'ennuyais tellement que je dormais éveillé. J'avais trouvé ça plutôt amusant a posteriori même si j'avais été un peu vexé lorsque je me
25 rendis compte qu'elle était partie.

Après un petit digestif offert par le patron, je propose à Séverine, oups non, à Élodie (il faut que j'évite ce genre de boulette) de venir prendre un « classique » dernier verre chez moi. Après
30 avoir passé trois heures à faire le ménage,

j'espère tout de même ne pas l'avoir fait pour rien.

Les codes sociaux sont assez amusants. Venir prendre un dernier verre… Ce ne serait pas plus simple de dire les choses telles qu'elles sont. Euh, ça te dit de venir chez moi ? J'ai fait le ménage et j'ai envie de finir la nuit avec toi ! Il y aurait moins de malentendus parce que du coup avec cette histoire de dernier verre, eh bien ! Certaines nanas le prennent au sens premier du terme et sont étonnées lorsque je propose un massage juste après ! Elles n'ont vu aucun film à l'eau de rose d'Hollywood ou quoi ? Hormis les réponses telles que « oui, avec plaisir ! » il y a les « je ne sais pas trop, je me lève tôt demain ! », et celle que je préfère par-dessus tout : « une prochaine fois, ce sera avec plaisir », phrase bateau qui signifie : « tu peux te brosser, jamais je n'irai chez toi ».

Là, coup de chance, elle me dit oui sans hésiter. En même temps, l'alcool aidant, elle n'a pas été avare d'allusions graveleuses toute la soirée. Ça a dû l'exciter un peu et moi également par la même occasion. Je n'ai, contrairement à de nombreuses personnes, pas d'a priori quant au fait de coucher le premier soir. C'est une bonne façon de voir si ça colle. C'est amusant, commencer la rencontre debout, faire connaissance en étant assis et finir la soirée couchés. Nous sortons donc du restaurant, mon portefeuille allégé de quelques dizaines d'euros (à ce rythme, je vais finir seul et pauvre.) Nous décidons de prendre un taxi afin de gagner du temps et d'alléger encore plus mon compte en banque, mais surtout afin de limiter la baisse du taux d'alcoolémie qui nous laisserait un peu mal à l'aise une fois dans la chambre. Cet instant est toujours compliqué pour moi et pour la plupart des gens, je suppose. Est-ce que je lui saute dessus ? Est-ce que j'attends qu'elle le fasse ? Dans ces cas-là, il vaut mieux ne pas trop réfléchir, ça coupe la libido et l'attente met souvent mal à l'aise. Finalement, c'est elle qui attaque la première dans le taxi. Ouf, une chose de moins à faire. Le taxi s'arrête, nous montons les marches deux à deux pour arriver plus vite à l'appartement.

CHAPITRE II

5   Ce matin, j'ai le moral en berne. Le temps est maussade. Ça fait un mois que je suis avec Élodie, mais, de mon côté, je sais que le couple s'éteint. Niveau boulot, je ne vois pas le bout du tunnel. Et quarante-deux ans et demi dans un
10   tunnel, ce n'est pas trop ma tasse de thé.

Comme d'habitude, je me lève et je te bouscule, enfin je bouscule le chat puisqu'il n'y a personne à côté, et je démarre la journée mécaniquement, machinalement. Mes
15   articulations me font souffrir, comme à chaque jour de pluie. Encore une journée de merde.

Quand je me sens mal, il m'arrive parfois de ressortir ce vieux courrier usé par les années, précieux et dernier cadeau de mon grand-père à
20   l'article de la mort. Ce bout de papier sur lequel il a écrit ces mots qui m'attristent et me motivent en même temps.

Une musique…une émotion…des souvenirs, nostalgie du temps passé, des années qui
25   *passent, du temps qui détruit nos corps, mais emplit nos âmes de sages pensées. Des souvenirs encore… j'esquisse un sourire, et bientôt des pensées positives emplissent mon cœur d'une vague de bien être en pensant à toutes ces belles*

rencontres qui m'ont fait grandir. D'autres images me viennent...réminiscences des blessures du passé, une larme monte du plus profond de moi pour redescendre aussitôt sur le visage. Encore d'autres pensées, une mélancolie me gagne, un vague à l'âme qui me fait regretter les erreurs du passé. Je pense à ce que j'aurais dû faire, aux erreurs que je n'aurais pas dû faire, je pense à mon enfant que je n'ai pas vu grandir, à cette petite tête blonde qui m'attendrissait et me donnait tant de bonheur. Je n'ai pas vu grandir cette petite bouille, trop occupé à courir après la gloire, l'argent, le succès, la reconnaissance et autres futilités pour me rendre compte qu'elles ne sont que chimères. Cet enfant a grandi, il s'est mis également à courir après les chimères que ses parents ont tant cherché à attraper.

Mes souvenirs s'estompent, je reviens à la dure réalité. J'ai soixante-douze ans et j'écris ces derniers mots non sans amertume. Je me suis égaré en chemin, j'ai oublié l'essentiel ...vivre... Aujourd'hui, je suis mort, mon corps et mon âme sont morts. Qu'on m'enterre maintenant, je n'ai plus rien à offrir à ce monde et il est trop tard pour combler ce vide en moi.

Que me reste-t-il aujourd'hui? Peut-être l'espoir, l'espoir d'une autre chance, d'une autre vie, là-bas, quelque part en dehors de ce monde...

Mais mon garçon, toi tu es jeune, et sache que, même dans les moments les plus sombres, reste positif mon garçon, il y a toujours de l'espoir.

Je n'ai eu ce papier qui m'était destiné que quelques jours après sa disparition. Ma grand-mère m'avait dit en me le donnant que le plus beau cadeau qu'on pouvait m'offrir, c'était l'espoir.

« Eh, papy ! Je t'adore, mais l'espoir ne me met pas un toit sur la tête. C'est bien une pensée de philosophe ça. Faites ce que je dis, mais pas ce que je fais ! »

Je me souviens avoir crié ça dans la rue après avoir quitté ma grand-mère en sortie de cimetière, juste après l'enterrement. Où es-tu parti papy, qu'es-tu devenu lorsque ton corps s'est éteint ? J'ai l'impression que tu es toujours avec moi, mais, vu les galères qui me suivent, tu dois travailler à mi-temps là-haut.

Des pensées m'inondent la tête…

Des transformations de la matière s'opèrent chaque seconde. Onde, matière, force. Les lois physiques qui régissent notre environnement sont-elles immuables ou évoluent-elles avec le temps ? Peut-on être absolument certains que les lois que nous connaissons à l'échelle micro et macroscopique, à partir des simples éléments de contrôles d'observation de notre univers, de théorèmes mathématiques ou de comportements physiques sont identiques à chaque point de l'univers ? Est-il possible d'envisager que l'acte de créer influerait ne serait-ce que de manière infinitésimale les lois physiques qui nous 5 *entourent ? Et si tel est le cas, ces actes sont-ils bénéfiques pour nous ?*

Des pensées, encore des pensées, celles-ci apparaissent puis s'estompent dans ma tête, comme l'air que je respire. Je ne sais jamais quoi 10 en faire, je tente parfois de les saisir au vol pour en faire quelque chose de matériel. Parfois, je réussis à me concentrer suffisamment pour dérouler l'idée. Parfois, j'écris ces pensées, parfois je les laisse simplement entrer et sortir. 15 J'ai maintes fois tenté de les bloquer, mais rien n'y fait. Le barrage mental n'est pas très efficace parce qu'il demande beaucoup de concentration et la concentration, ce n'est pas mon fort, tout comme la patience. Je me dis parfois que les 20 idées ou les pensées ont une vie propre, autonome, et qu'elles cherchent à se matérialiser grâce à l'Homme. L'idée peut être insistante et ne vous lâcher que lorsque vous êtes décidés à la réaliser. Entêtante comme un parfum, collée à 25 votre cerveau comme une sangsue à la peau. Il existe une expression pour imager ça : « Mourir pour ses idées. »

Je m'évade…

« Rien ne se perd, rien ne se crée, tout se 30 *transforme »,* cette citation, considérée

aujourd'hui comme un axiome formulé par M. Lavoisier et repris plus tard par M. Einstein nous permet de comprendre toutes les interactions entre les différents états de la matière : solide, liquide, gazeux et plasma.

On définit la matière comme une substance tangible ayant une masse que l'on peut observer et mesurer. On admet depuis longtemps que la matière interagit grâce à des lois de la physique, connues pour la plupart (même si l'Homme cherche encore à trouver le chaînon manquant pour réunir toutes les lois « macro » et « micro » de la physique). Cependant, nous avons tendance à omettre que ce qui nous entoure n'est pas uniquement de la matière, prenons par exemple une pensée qui est préalablement une information ou une idée.

Que doit-on penser de ce phénomène impalpable et inconsistant issu de l'évolution de la matière ? Nos idées, nos pensées, les informations stockées dans notre ADN... peut-on leur appliquer la même citation de Lavoisier ? Nos pensées suivent-elles des lois intrinsèques ?

Nous savons depuis des décennies que nos pensées naissent de l'accumulation de charges électriques dans certaines zones de notre cerveau. Ces charges électriques, créées au sein de notre réseau neuronal, engendrent des centaines d'impulsions électromagnétiques par seconde. Chaque pensée, chaque idée engendre un champ électromagnétique mesurable, mais intangible et sans masse. Il ne s'agit donc pas de matière à proprement parler, mais au final, quelles sont les conséquences de nos pensées sur la matière ?

Une étincelle illumine notre cerveau et, si notre analyse trouve l'idée pertinente, un ordre est donné au reste du corps. Une énergie se met alors en marche, nos muscles répondent aux stimuli de nos neurones. Pour répondre aux exigences de notre idée, notre corps va alors consommer de la matière pour créer une énergie mécanique qui elle-même va engendrer une autre énergie mécanique, un déplacement d'air ou encore écrire ces quelques lignes par exemple.

Donc, la pensée, même sans masse, agit sur la matière de manière indirecte.

Le bruit de la sonnette de l'entrée me sort de mes songes. Il est sept heures du matin, ça ne peut pas être le facteur ni le Premier ministre. C'est peut-être une chauve-souris enragée qui va prendre la voix d'un ami pour venir me sauter à la gorge. J'entonne un

« Qui c'est ? » désagréable à l'interphone.

« C'est moi ! »

« Ok, je t'ouvre. »

La porte d'entrée s'ouvre et je vois Élodie en jupe et bottines avec un sachet de croissants dans la main.

« Sexy dès le matin, c'est très agréable »

Elle est adorable, pensé-je.

« Tu es bien matinale », lui dis-je en souriant.

« Je voulais te faire une surprise »

« Eh bien ! C'est réussi, merci pour ça »

Je lui propose un café serré comme elle l'aime et profite pour m'en faire un second. Ça ne me fera pas de mal pensé-je. J'ai remarqué depuis longtemps que le café me permettait de rassembler mes idées. Compte tenu du nombre d'idées qui me passent par la tête en une journée, il me faut au bas mot six ou sept cafés pour que mes pensées me lâchent un peu le soir. Résultat, avant, je ne dormais pas à cause de mes idées, aujourd'hui, je ne dors pas à cause de la caféine. Un jour, un médecin m'a conseillé de prendre des somnifères. Manque de bol, ça a tellement bien marché qu'une demi-dose pour enfant a suffi à me faire effet jusqu'au lendemain dix heures. Résultat, j'ai dû doubler ma dose de caféine pour me réveiller et le soir, j'avais tellement la tremblote que Parkinson à côté, c'était du pipi de chat.

« Dis, je pensais qu'on pourrait se faire un repas ensemble ce soir pour discuter un peu. »

« Si tu veux, c'est une bonne idée. »

« Tu sais, j'aimerais que tu me dises ce qui te passe par la tête quand ton esprit s'évade. Si je ne te connaissais pas un minimum, je dirais que tu t'ennuies avec moi. »

Cette phrase, je l'ai entendue au moins une fois par mois à chaque fois que j'étais en couple.

« Tu es vraiment sûre de vouloir savoir ce qu'il y a dans ma tête ? »

5   « On se connaît depuis deux semaines et tu m'intrigues. Je ne sais pas à quoi tu penses quand tu t'enfuis dans tes pensées » me dit-elle légèrement agacée.

Mais c'est dingue ça, tout le monde me dit ça,
10   mais je ne m'enfuis pas, je suis submergé par mes pensées, ça vient tout seul, je n'y peux rien.

Ça y est, je m'énerve tout seul.

« Soit, ça tombe bien, je pensais à un truc ce matin en me levant. Je pensais à la relation
15   information-matière.»

Je lui fais un résumé de mes premières pensées puis enchaîne sur de nouvelles.

« On peut donc considérer que l'information permet l'évolution de la matière, mais participe
20   également à sa transformation (une information contenue dans une graine la transforme en arbre qui lui-même transforme le gaz carbonique en oxygène par exemple).

On peut en déduire que l'information est une
25   évolution intangible de la matière, mais que sans matière, l'information n'a pas d'existence propre puisque contenue en elle. On peut en déduire également que sans information, pas d'évolution de la matière en système organisationnel

complexe, donc pas d'évolution de l'information puisque pas d'évolution de la matière.

Les intrications matière-information vont donc bien au-delà de l'idée des lois de la physique classique.

Mais si on pousse un peu le raisonnement, peut-on en déduire que la conscience est l'évolution naturelle de l'information ? Auquel cas, les pensées et les idées à la base de la création seraient une réminiscence de cette conscience permettant des interactions avec la matière pour la faire évoluer indirectement et par conséquent évoluer également. Pour résumer, les idées et l'acte de créer seraient un processus issu de la conscience permettant d'accélérer l'évolution de la matière et donc de la conscience. »

« Tu as suivi ? » lui dis-je.

Je sens un regard interrogateur en face de moi.

« Tu penses réellement à tout ça dès sept heures du matin ? »

« Malheureusement, très souvent oui. »

Je jette un coup d'œil à ma montre.

« Sept heures quarante-cinq, je vais être à la bourre. On en reparle ce soir si tu veux.»

Nous sortons tous deux de l'appartement et prenons nos chemins pour rejoindre nos jobs respectifs. Avant de se quitter elle me prend par la main et m'embrasse tendrement.

« Rejoins-moi chez moi ce soir vers dix-neuf heures. »

« Ok, à ce soir, bonne journée. »

« À toi aussi. »

5 Le soir venu, je la rejoins à dix-neuf heures comme convenu. Tous deux devant une assiette de tapas qu'elle a concoctées la veille, elle me sort de but en blanc :

« J'ai réfléchi à ce que tu m'as dit ce matin. »

10 « Super, et tu pensais à quoi ? »

« Eh bien, en fait, j'ai préféré l'écrire. »

Elle sort un papier de sa poche et commence à lire :

« En fait, j'ai lu qu'il est avéré que l'acte de

15 créer nous procure une réelle satisfaction grâce à la libération d'endorphine, d'adrénaline ou autre hormone de satisfaction, nous poussant ainsi à agir. L'idée agirait ainsi indirectement sur la matière (cerveau) pour assouvir son besoin

20 primaire : évoluer.

On peut donc imaginer le paradigme suivant : créer pourrait aider à l'évolution de sa propre conscience. Et de manière plus empirique, une conscience pourrait naître spontanément d'un

25 amas de matière organisé par l'information ou alors elle suivrait un parcours plus chaotique pour émerger.

Qu'en penses-tu ? »

« Eh bien, tu as avalé un

30 dictionnaire aujourd'hui ? » lui dis-je.

Vu son regard, j'ai dû faire une boulette. En même temps, c'est un peu violent comme réflexion. Elle est adorable, elle a dû passer la moitié de la journée à écrire ça.

5 « C'est une expression, ma puce. Ce que tu dis est très intéressant. En fait, pour rebondir sur ce que tu dis, et en faisant une analogie très grossière, il me vient une pensée à l'échelle macroscopique. Nous savons depuis quelques 10 années que l'univers est constitué à quatre-vingt-dix pour cent de matière noire. La matière noire est une matière non baryonique, c'est-à-dire qu'elle n'est pas constituée de particules élémentaires comme des protons et des neutrons. 15 Cette pseudo-matière n'émettant pas de rayonnement, elle est indétectable par les capteurs existants, mais agit indéniablement sur la matière cosmique. Qu'est ce qui peut agir sur la matière sans avoir de réalité physique ?

20 Peut-on se donner le droit de dire qu'il pourrait exister une conscience cosmique ? Le postulat que tu as proposé précédemment énonce qu'un amas organisé de matière organique pourrait engendrer la conscience, mais de la 25 matière inorganique peut-elle faire naître une conscience ? À partir d'un amoncellement de gravats, peut-on y créer une sorte de conscience ? Bien entendu, cette conscience serait totalement différente de celle que nous 30 connaissons. Mais même en étant plus

« primaire », des interactions basiques seraient en lien avec les capacités d'interactions que cette matière possède, la gravité, la force nucléaire forte et faible et l'électromagnétisme. À notre échelle, nous interagissons avec notre environnement avec ce que Mère Nature nous a donné, un corps mobile, nos cinq sens. Une plante interagit à son échelle de manière plus sommaire, elle reflète une partie de la lumière et utilise l'autre pour en faire une photosynthèse. Encore une fois, la « non-matière » agit sur la matière.

En poussant un peu la réflexion, on sait qu'une pierre, donc une matière non organique, interagit sommairement grâce à ses propriétés physiques telles que la gravité. Son poids, sa forme agissent sur son environnement direct. Imaginons-nous maintenant, toi ou moi, n'ayant qu'une seule possibilité d'interaction : souffler dans une seule direction. »

« C'est ce que faisait ton ex, non ? »

Je ne relève pas cette blague douteuse. Un partout, balle au centre.

« Donc, sur Terre, nous pourrions souffler sur des choses légères qui passeraient devant nous pour les faire bouger. Dans l'espace, souffler pourrait faire bouger des pierres beaucoup plus grosses, mais cette interaction n'aurait qu'un seul effet : le déplacement d'objets. Tout ce qui passerait à côté de notre bouche subirait la même pression dans la même direction. Les interactions ne se feraient qu'avec des objets suffisamment légers pour être déplacés ou déviés de leurs trajectoires.

Nous savons que la construction de notre conscience vient de nos expériences et de nos interactions avec notre environnement. Que pourrions-nous apprendre si dès notre naissance, nous n'avions que cette possibilité d'interaction ? Notre conscience serait limitée à cette seule interaction créée contre notre gré. Aurions-nous conscience de qui nous sommes ? Ou serait-ce juste une conscience plus simple, binaire par exemple, j'agis et on agit sur moi. Un amas de matière ne serait qu'une interaction non provoquée et statistiquement cohérente en fonction de paramètres connus en physique : énergie initiale, direction du mouvement initial, taille, masse, composition... donc une fois réuni en amas, les interactions primaires sont décuplées en puissance : j'agis de plus loin, plus puissamment et on agit moins sur moi. Une sorte de super-interaction primaire.

Mais de cet amas et au-delà des super-interactions primaires, peut-il émerger d'autres interactions plus évoluées ? Une conscience primaire par exemple qui pourrait être à l'origine de notre conscience. En faisant une analogie très grossière, je parlerais d'organisme de conscience unicellulaire qui s'est transformé avec le temps en organisme multicellulaire de conscience à force d'essais, de mutations et d'adaptation à l'environnement. »

« Ça m'excite ! »

« Quoi ? Les interactions pensée-matière ? C'est étonnant, ça ne me fait pas le même effet. »

J'eus à peine fini ma phrase qu'elle était déjà sur moi.

Mince, je n'ai pas fini mon raisonnement. Les gens n'ont plus aucun respect pour les pensées philosophiques de nos jours. Je laisse passer pour aujourd'hui, mais c'est bien parce qu'elle m'a tellement excité que mon cerveau ne veut plus réfléchir.

En fait, je viens de trouver la solution pour mes insomnies.

CHAPITRE III

Ce matin, en marchant jusqu'au parc pour aller travailler, sur ce chemin emprunté maintes et maintes fois, mes yeux se sont retrouvés nez à nez avec une petite goutte de rosée. Aussitôt, mon esprit se mit à divaguer et à remonter le temps. Quid du petit garçon effacé et timide qui rêvassait en regardant le ciel ? Cet enfant qui posait tant de questions, dont la plupart restaient sans réponse…

Je voulais savoir les pourquoi ? Les comment ? Les quand ?

Après les questions, vient le temps des rêves, ces envies du passé, ces rêves d'enfant si puissants qu'ils nous dirigent tout ou partie de notre vie. À la trentaine bien tassée, force est de constater que plus je m'approche de mes rêves et plus ceux-ci s'estompent, inconsistants, intangibles. Mais peut-on avancer sans rêves ?

Au bout du compte, vaut-il mieux un rêve impossible à réaliser et courir toute sa vie ou avoir des rêves plus accessibles et être déçu parce que finalement… ils ne sont que chimères.

Aujourd'hui, je cherche des réponses, je veux savoir d'où nous venons, pourquoi nous sommes là, à quoi nous servons ? S'il y a une vie après la mort, à quoi sert cette vie ? Je cherche dans l'infiniment grand et dans l'infiniment petit pour trouver des réponses, mais cela ne mène qu'à me poser encore plus de questions. Je veux comprendre le sens de la vie pour donner un sens à ma vie. J'essaye de comprendre le sens de la vie pour mieux accepter ma mort.

Un constat pourtant, plus j'avance et moins je comprends.

Je m'évade…

Je décortique, puis j'observe, enfin j'analyse.

Plus j'apprends, plus je veux savoir, plus je sais, moins je sais.

Je veux le bonheur pour donner un sens à ma vie, je cherche le bonheur, je me rapproche du bonheur, je touche le bonheur, je m'en lasse, je veux le bonheur, je cherche le bonheur, mais au final, plus je le cherche, plus je m'en éloigne.

Je ne suis que contradiction, je suis un Homme.

Je suis l'Homme, je cours après mes rêves.
Je suis l'Homme, je veux le savoir.

Je suis l'Homme, je veux.

Je suis l'Homme, je suis compliqué alors que la vie est si simple...

La complexité est le chemin tortueux menant à la simplicité.

« Monsieur ? »

Finalement, je ne suis moi-même qu'un Homme et je suis aussi contradictoire que n'importe quel être humain, ce qui me rassure un peu.

« Monsieur ? »

5   Je sors de ma rêverie et me retrouve nez à nez avec un de mes deux collègues sans-abri du parc.

« Vous n'auriez pas un euro ou un ticket restaurant s'il vous plaît ? »

« Non, désolé. »

10   Reprenant mes esprits, je constate que je me suis trompé de route. C'est malin, je vais être en retard. Je me mets à chercher le chemin le plus simple pour aller au boulot. Bon celui-ci fera l'affaire, je ne devrais pas être trop en retard au
15   travail.

Au fond de moi, je me mens à moi-même, je n'ai qu'une envie, c'est prendre la direction opposée, prendre mes valises et partir. Je suis fatigué, j'ai l'impression d'avoir déjà vécu cent
20   ans dans cette vie.

En fait, j'ai toujours pensé que mon existence se déroulerait aussi simplement que un plus un font deux. Je n'avais pas imaginé, étant enfant, que les méandres de la vie m'amèneraient à
25   changer mes opinions, mes goûts, mes envies. Enfant, personne ne nous prévient que la vie nous réserve des bonnes et des mauvaises surprises, des coups de chances, des bonheurs, des maladies, des accidents… Mais au bout du

compte, ne serait-ce pas notre propre ego qui rendrait notre vie si compliquée ?

L'homme est une machine à générer des évènements pseudo-aléatoires à l'échelle planétaire. Vous entrez des données (âge, taille, couleur de peau, religion, études, environnement affectif…) et à la sortie, chaque personne est différente et chaque personnalité court après son propre intérêt en essayant de souffrir le moins possible. Malheureusement, ce n'est pas compatible avec ce que nos gouvernements souhaitent, enfin gouvernement, je veux bien sûr parler des banques et des sociétés commerciales.

Donc, pour reprendre l'image de la machine, aujourd'hui l'école est une machine à générer des évènements connus. Vous entrez des enfants pleins d'imagination, d'envies, d'espoir et à la sortie, vous obtenez…des moutons prêts à consommer et à obéir. C'est dommage, mais le constat est simple, si vous êtes différents, soit vous vous adaptez au système, soit vous sortez du cursus scolaire et la société vous marginalise. La société n'aime pas la différence malgré les discours qu'elle nous sort : « soyez différents, pensez différemment… »

Désormais, je suis au milieu de ma vie, enfin je l'espère, et je ne peux que constater que je ne la dirige pas complètement. Parfois j'en ai le contrôle, parfois je suis dépendant des autres. Je n'existe que parce que j'existe aux yeux des

autres. Finalement, contrairement à ce qu'on veut nous faire croire, nous forme-t-on vraiment à être autonomes ? À sortir du moule ? Quelle aurait été ma vie si je n'avais pas été timide ou si
5   j'avais choisi telle ou telle voie ? Que serais-je devenu si j'avais fait comme la plupart des gens à l'âge adulte, boulot pépère, vie maritale, enfants, deux et demi, un chien et plan retraite au lieu de prendre des risques et tenter l'impossible,
10 au risque de me planter ? Je n'aurais certainement pas créé ma société, déposé cinq brevets et rencontré autant de personnalités différentes qui ont, aujourd'hui avec du recul, changé le sens de ma vie, voire changé ma vie.
15   Tiens, je vais m'amuser un peu.

    Que serais-je devenu si j'avais été différent ? Si au lieu de m'écraser pendant près de dix-sept ans, j'avais répondu à ces imbéciles, si je les avais provoqués.

20   *« Eh machin, tu nous gênes ! »*

    Tiens encore un des abrutis de CM1 qui m'agresse dans la cour de récréation alors que je n'ai rien demandé ! La cour est à tout le monde merde !

25   *Ça, c'est ce que je me disais.*

    Maintenant, que se serait-il passé si j'avais dit la même chose à voix haute ?

    PAF ! Ça, c'est la première mandale que je me prends. Comment peut-on réagir dans ces
30 *cas-là ? J'avoue que je n'en sais rien. Je ne me*

suis jamais vraiment battu, pensant avant tout
aux conséquences de mes actes avant d'agir. Je
me lance et je réponds à sa mandale et lui saute
dessus !

5   *Et là, c'est un peu comme dans les livres dont*
vous êtes le héros. Vous lancez les dés et le
hasard fait le reste. Le pire scénario, que
j'envisage à chaque fois, le héros pousse le
méchant, celui-ci trébuche, tombe sur la tête,
10   *meurt et le héros finit en prison.*

    Que serais-je devenu si j'avais été moins
timide, si je m'étais affirmé à l'époque ?
Question qui restera en suspens ou qui a peut-
être cours en ce moment dans une autre
15   *dimension, qui sait ?*

    Chaque décision, chaque geste, chaque
pensée peut avoir un impact plus ou moins
important sur notre vie, qu'on soit enfant ou
adulte.

20   *Je continue mon flashback.*

    « *Julien, peux-tu nous réciter la poésie ?* »

    « *Euh, non je ne la connais pas,*
Maîtresse… »

    Un mensonge pour ne pas être la risée de la
25   *classe lorsque j'aurai rougi en faisant une faute*
ou en butant sur un mot. J'ai envie plutôt de lui
dire :

    « *Madame, oui, je la sais, ce n'est pas le*
problème, Madame, le problème, c'est que dans
30   *cette classe, il y a des crétins qui n'attendent*

qu'un faux pas des plus fragiles d'entre nous pour les rabaisser. Je ne veux pas être rabaissé, Madame, je suis un enfant, je suis sensible, je suis fragile. Madame, je veux bien vous réciter 5 cette poésie, mais juste à vous, sans autre personne dans la pièce.»

Combien d'enfants, trop timides, trop réprimés n'osent pas parler en classe, de peur de devenir la tête de Turc des élèves les moins 10 doués. Ces moins-que-rien qui n'ont rien trouvé de plus intelligent à faire que de rabaisser les élèves plus intelligents qu'eux...

L'intelligence, un nouveau mot à la mode après l'ère du « je suis le plus fort », au collège, 15 vient le « je dois être le plus intelligent ».

Ma période préférée est la préadolescence, en dehors de l'école bien entendu. Un brin d'insouciance, un zeste de liberté, beaucoup de découvertes.

20 À l'école, c'est autre chose, les profs m'ennuient. Je suis fatigué par le manque de sommeil. S'adapter au système scolaire est une vraie gageure.

Mais qu'est-ce que je fous là ! Je déteste la 25 plupart des profs et ils me le rendent bien par des zéros et par des remarques désobligeantes sur le bulletin. Qu'importe, s'ils n'ont pas compris que mes zéros n'étaient que le reflet de leur incompétence, je n'ai pas grand-chose à 30 faire.

« Where is Bryan ? », putain, mais j'en sais rien où est Bryan !

« 1515 ? » c'était il y a 500 ans ! Apprenez-moi à survivre dans cette jungle qu'est le XXIème siècle et à ne pas finir dans la rue ou avec le RSA plutôt que de me faire apprendre des dates !

« Théorème de Thalès ? » le quoi ? Ça va m'apprendre à mieux me comprendre ? À mieux me sentir dans ma peau ?

« Pourquoi je ne réussis par à être comme tout le monde ? »

« Pourquoi certains gamins me martyrisent-ils ? »

J'ai vraiment l'impression d'être inadapté. Je me souviens de certains noms que des profs me donnaient : le mollusque, ou encore deux neurones !

Oups, m'sieur, je viens de cramer un des deux, qu'est ce que je dois faire ?

Wouah ! Eh bien, heureusement que je ne suis pas susceptible.

En fac, même topo, je n'ai que faire de ces cours magistraux qui ne font qu'enfoncer les plus fragilisés par le système de lutte scolaire.

La vie d'un ado est compliquée, la mienne me paraissait étrange. J'ai l'impression d'avoir vécu cette partie de ma vie dans une sorte de bulle. J'ai passé quelques années de ma vie en dehors de mon corps. Sans attendre grand chose de la vie. Dur de mettre des mots, mais quelques années après j'ai pu enfin comprendre pourquoi j'avais réagi différemment de la plupart des 5 *ados de mon âge.*

Je ne me suis jamais senti à ma place. Peut-être est-ce en rapport avec cette étrange sensation d'être limité dans mes pensées, dans ma réflexion. Comme si mes pensées me disaient 10 *que mes facultés mentales sont aujourd'hui limitées et que les questions que je me pose ne sauraient trouver une réponse par le biais de la pensée classique. Difficile d'exprimer ici cette sensation. Si on part du principe que même notre* 15 *imagination ne nous permet pas d'envisager qui nous sommes réellement, comment peut-on répondre à la foule de questions que l'on se pose ? La machine y parviendra-t-elle ? Limiter notre faculté à savoir qui nous sommes* 20 *réellement nous permet-il de nous maintenir dans une enveloppe matérielle ? Et si tel est le cas, pourquoi vouloir nous maintenir dans une enveloppe matérielle ? Notre corps serait-il une prison ?*

25 Je suis couché depuis une heure, noyé dans mes pensées, et le sommeil, comme d'habitude, ne vient pas. Soudain, le téléphone se met à hurler à côté de mon oreille gauche.

« Pourquoi je n'éteins jamais ce foutu 30 téléphone avant de me coucher ! »

Inconditionnel

C'est Élodie en pleurs. Elle vient de perdre sa grand-mère de quatre-vingt-onze ans. Je tente de l'apaiser et elle finit par raccrocher. J'avais rencontré une fois sa grand-mère à l'hôpital il y a quelques semaines et tout ce que j'avais pu en voir, c'était un légumineux qui avait été sorti de terre depuis trop longtemps et qui n'aspirait qu'à y retourner le plus rapidement possible.

Élodie avait l'air vraiment triste, c'était son dernier grand-parent. Une génération s'est éteinte avec elle.

Allongé dans le noir, mes pensées me submergent…

Depuis des centaines d'années, la science épluche notre monde pour y trouver l'origine de l'homme, mais, finalement, de quoi sommes nous réellement constitués ? La science nous décrit comme étant un conglomérat de quarks corrélés entre eux par de mystérieuses forces nucléaires, par des atomes, d'électrons et des d'interactions électromagnétiques. En somme, notre existence serait liée à un amas de matières organisé par des forces invisibles. Une vision bien étriquée au vu de la complexité de la vie. Aujourd'hui, de nombreux chercheurs en théorie quantique admettent qu'au-delà des apparences physiques, il existe une réalité énergétique. La matière serait donc une sorte d'émanation de l'énergie, quantifiable et perceptible par nos sens.

Mais peut-on imaginer d'autres types d'émanations de cette énergie ? Nos émotions pourraient-elles être des émanations directes de cette énergie ?

La croyance populaire prétend que nos émotions sont liées à notre conscience. Mais en fin de compte, je me pose la question suivante : « Est-ce que notre personnalité (le ça, le moi, le surmoi…), et nos émotions, sont le fruit de notre intelligence et de notre conscience de soi et des autres ou bien sont-ce nos émotions qui nous ont créés tels que nous sommes ? »

En poussant un peu cette réflexion, notre propre corps ne serait-il pas qu'un simple vecteur de transformation et de transmission d'émotions ? Ainsi chanter, rire, faire l'amour, pleurer serait un support direct de transmission de nos émotions créé par le vecteur de transformation et de transmission qu'est le corps. La peinture, la musique ou encore la poésie seraient donc l'émanation indirecte des émotions de leurs auteurs.

L'intelligence et la conscience de soi seraient donc un état impermanent de l'énergie permettant de modifier l'état de nos émotions dans le but de les transmettre. J'appelle ça, de l'existence physique à l'existence émotionnelle…

Nous avons besoin des autres pour faire circuler ces émotions. Faire circuler nos émotions pourrait être, in fine, un besoin primaire fondamental pour la survie, à l'instar de l'eau ou l'air. Si l'émotion ne circule pas, elle se transforme en frustration, jalousie, haine, stress, dépression...

5   *Malheureusement, de nos jours, l'intellect prend bien trop souvent le dessus sur l'émotionnel et la circulation des émotions ne se fait plus par peur du ridicule ou pour des questions de bienséance.*

10   Le sommeil finit par avoir raison de moi.

15

CHAPITRE IV

Samedi soir, assis à une terrasse de brasserie, nous attendons nos amis, enfin ses amis. Depuis les années que je les fréquente, je ne peux que constater que, moi et les cafés, c'est une grande histoire d'amour. Je ne peux l'expliquer. Je me sens bien dans ces troquets ou autres brasseries. Ce sont des endroits qui voient passer le temps, les malheurs, les joies, les peines et les piliers de comptoir alcooliques bien entendu. Ces endroits immuables me paraissent chargés d'émotions. Une ville dans la ville. J'aime y écrire, y travailler, y refaire le monde avec des amis.

Mes idées me rattrapent.

« À quoi penses-tu ? »

Élodie me sort de mes pensées et me regarde fixement comme si elle cherchait à lire en moi.

Elle devient de plus en plus forte, elle sait maintenant me réveiller juste au moment où je m'évade.

Je remarque que la mousse sur ma bière a eu le temps de disparaître, ça doit faire quelques minutes que je dois être devant elle sans rien dire.

À quoi je pense ? Alors premièrement : que cette question m'énerve au plus haut point !

« À rien. »

Question conne…

« Enfin rien d'important, je me demandais : suis-je normal ? Est-ce que mes réactions sont normales ? »

« Tu te poses bien trop de questions. » me lance-t-elle désabusée.

Là, pour une fois, je suis d'accord avec elle. On dit que les femmes sont compliquées, eh bien ! J'invite les personnes qui disent ce genre de chose à venir dans mon cerveau pendant une semaine ! Mon cerveau, c'est PsychiatriqueLand ! Le bonheur pour les plus petits comme pour les plus grands psychopathes, sociopathes et autres pathologies qui finissent par « pathes ».

« Bien sûr que non, tu n'es pas normal Julien. »

Merci, sympa la copine.

« C'était de la rhétorique Élo. »

Bien sûr que non, je ne suis pas normal au sens social du terme. Je suis un surdoué hyperactif qui n'a toujours pas posé ses valises à trente-neuf ans, qui s'est fracturé des vertèbres après un accident, qui a créé des sociétés, déposé plusieurs brevets, qui a le syndrome de Cassandre et qui écrit des bouquins, NON je ne suis pas normal, mais je dois faire avec !

Je sens que la colère monte. Je tente de la contenir en parlant.

« As-tu remarqué que de la normalité à l'anormalité, il n'y a qu'un caractère. La normalité est un vaste sujet. Justement, j'en débattais cette semaine avec des gens sur un forum. Bon, ça m'a vite soûlé, tout le monde voulait avoir raison et personne n'écoutait les arguments des autres. Chaque camp défendant son point de vue sans jamais faire attention à ce que dit l'autre partie. Débattre n'est amusant que si les deux parties sont aptes à entendre les arguments et pas seulement les écouter. Et ce qui est encore plus frustrant, c'est lorsqu'un des deux camps a la capacité d'intégrer les arguments, mais pas l'autre. Dans les deux cas, je n'appelle pas ça du débat, j'appelle ça une un combat de coqs. C'est celui qui l'ouvrira le plus longtemps qui aura gagné alors qu'à mon sens, je trouve que proposer son point de vue implique de prendre en considération celui de l'autre. Et même si l'argumentation est mauvaise, ça peut toujours servir. Au bout du compte, le débat est souvent plus utile au spectateur qu'aux débatteurs.»

« Ah et c'est quel genre de forum ? »

« C'est tout ce que tu as retenu de ce que je viens de dire ? »

« Si si, j'ai écouté, mais je suis curieuse de savoir avec qui tu discutes sur ton forum. »

« Premièrement, ce n'est pas mon forum et deuxièmement, en quoi ça te gêne que je discute sur un forum ? »

Alors que ma colère était redescendue, je sens que l'énervement me remonte au nez. Ce n'est pas tant sa réaction que les centaines d'autres réactions du même genre que mes ex ont pu me sortir qui m'agacent. C'est toujours la même rengaine. Et elle, que va-t-elle faire ? M'interdire d'y retourner ? Trouver le forum et s'y inscrire pour voir avec qui je discute ? Me faire la tête jusqu'à ce que ce soit moi qui lui dise que je n'y retournerai plus ? J'ai connu tous ces cas de figures et je m'attends à l'un d'eux. Encore mieux, si elle est vraiment tordue, elle pourrait me mettre un contrôle parental sur mon pc. Tiens, j'en connais une qui en aurait été capable.

Je finis par me lever, énervé, et lui sort :

« Je vais faire un tour, je reviens dans cinq minutes. »

Quand la contrariété est trop importante et devient difficile à gérer, j'ai l'habitude de marcher un peu.

Je pars au quart de tour depuis quelques jours, je sens que je recommence à m'approcher du burn out. Le boulot me prend un temps fou, mes collègues me fatiguent, Élodie commence à me sortir par les orifices nasaux et la mère de ma fille continue de faire n'importe quoi.

Mes pensées me rejoignent tandis que je marche…

À quoi je pensais l'autre soir déjà ? Ah oui, à l'interaction matière-pensée.

5 *Avec le temps, notre cerveau reptilien primaire a dû s'adapter et créer de nouvelles aires dans notre cerveau à cause de la complexité de nos interactions, créant ainsi, par exemple, des zones de mémoire pour se souvenir* 10 *des interactions passées et des zones plus complexes pour augmenter les interactions, comme le langage par exemple.*

Au-delà d'une loi physique incontestable, le regroupement de matière non organique en 15 *galaxies, en amas univers ne pourrait-il pas être le signe d'une pseudo-intelligence ? Des milliards de consciences binaires, j'agis, on agit sur moi.*

Quel intérêt aurait la matière à se regrouper 20 *si ce n'est pour augmenter le nombre d'interactions possibles ?*

Une sorte d'intelligence primaire communautaire qui pourrait très basiquement interagir avec son environnement proche. De 25 *cette intelligence primaire pourrait naître une sorte de conscience primaire, mère de toutes les consciences agissant indirectement sur la matière environnante.*

Si j'approfondis mon raisonnement, 30 *l'Homme, l'animal, la plante, la pierre… nous*

sommes tous constitués des mêmes briques élémentaires de matière... Cela signifierait donc que la conscience naît au cœur de l'atome quelle que soit la finalité de cet atome (molécule,
5 *poussière, pollen...). Au cœur de l'atome, encore des interactions. Interactions primaires, nucléaires faibles et fortes. Plus nous creusons au cœur de la matière plus nous remarquons que l'interaction est présente.*

10 *La conscience pourrait donc naître de l'interaction entre au moins deux éléments. Une conscience primaire, fondamentale, commune à tout et ...une conscience plus « intelligente », cherchant à évoluer en multipliant les*
15 *interactions.*

L'avenir de l'Homme pourrait trouver un nouvel essor en multipliant les interactions. Nous remarquons que nous cherchons tous les interactions avec notre entourage et notre
20 *environnement, c'est ce qui nous fait évoluer.*

L'hyper-communication nous encourage à l'interaction, notre être nous le réclame et nous nous sentons plus à l'aise lorsque nous sommes connectés à quelqu'un ou quelque chose.

25 *On connaît les interactions physiques à l'échelle macroscopique, mais nous n'allons pas plus loin alors qu'il est possible d'imaginer que les éléments organiques et non organiques interagissent et créent également une*

conscience ; sur Terre, on l'appelle souvent « Gaïa ».

Donc, au-delà de la matière reconstituée, suis-je également un conglomérat de consciences passées ou est-ce que ma conscience est issue d'une conscience unicellulaire ? À chaque changement, mort, disparition, ma conscience évolue, se synchronise avec une conscience plus globale que j'appellerais « hyperconscience ». Cette théorie a pour avantage d'être commune à de nombreux préceptes religieux ou dogmatiques de réincarnation ou d'évolution spirituelle.

Des bruits de travaux me sortent de ma rêverie.

Je reviens à la terrasse du café au bout de dix minutes et tout le monde est déjà arrivé.

Onze heures et la soirée bat son plein, nos discussions et nos crises de fou rire m'éloignent de mes tracas quotidiens. J'aime ces moments qui me laissent l'impression d'instants éphémères de liberté. Même si j'estime être le plus libre de tous mes proches, il m'arrive parfois de me dire que je suis prisonnier de cette recherche de liberté.

Certains m'envient, m'envient de pouvoir faire ce que je veux, quand je veux sans à avoir de comptes à rendre à personne. Même si c'est pesant parfois, effectivement, c'est une chance. Mais cette liberté a un certain prix, le prix de la solitude, celui de ne pas s'attacher à certaines personnes qui ne seront que de passage dans ma vie.

J'avoue que j'ai beaucoup de moments extraordinaires gravés dans ma mémoire. Des moments simples, mais qui me font encore sourire aujourd'hui lorsque j'y repense ou lorsque je tombe sur des photos.

Deux heures, tout le monde rentre. Je propose à Élodie de venir dormir chez moi. Elle accepte, mais je sens que quelque chose ne va pas.

Dans ces cas-là, je me dis, comme la plupart des hommes sur cette terre :

« Bon, deux choix, je ne pose pas la question et elle me fout la paix, mais ce soir, je me la mets derrière l'oreille et dans tous les cas, il faudra y passer tôt ou tard. Ou alors on part pour deux heures de monologues et de toute façon, après, aucun des deux n'aura plus envie de quoi que ce soit. »

D'ailleurs, si on choisit la première solution, il vaut mieux tôt afin d'éviter d'éventuels agios. Certaines femmes ayant la rancune tenace.

Allez, je suis de bonne humeur ce soir.

« Qu'est ce qui ne va pas Élo ? »

« Quoi ? Tu es sérieux ? Qu'est-ce-qui ne va pas ? Tu n'as rien remarqué ? »

« Euh non. »

Bien sûr que si, j'ai remarqué qu'au cours de la soirée, elle s'était arrêtée de parler et qu'elle me lançait des regards noirs à chaque fois que j'ouvrais la bouche. Elle ne parlait que pour me vanner et tenter de me couvrir de ridicule. Mais dans ces cas-là, il vaut mieux faire l'ignorant pour éviter les foudres de Zeus.

À partir de ce moment, en général, il est préférable de répondre par des phrases courtes parce qu'elle vous coupera de toute façon. Ensuite, pour terminer plus rapidement la conversation, il faut adopter la mine déconfite de celui qui vient d'apprendre une terrible nouvelle. Les gros yeux, les sourcils hauts et la bouche entrouverte.

« Tu es lourd, tu accapares les conversations, tu veux te rendre intéressant et ne laisses pas parler les autres. Je suis invisible quand tu es là. Ce sont mes amis et j'ai l'impression que ce sont les tiens. Tu es égoïste et je ne supporte pas les égoïstes. »

« Euh… »

« Bien sûr, tu n'as rien à répondre, comme d'habitude. Pour élaborer des grandes phrases philosophiques, tu sais faire, ça oui, pour les choses basiques comme penser à celle qui est à tes côtés, il n'y a plus personne. »

« Euh… »

« Je te préviens que si tu ne changes pas, je partirai, j'irai trouver quelqu'un qui saura prendre soin de moi. »

Plus de cent mots en moins d'une minute, balaise le débit.

« Ok ok, je ne savais pas, je ferai attention la prochaine fois. »

5 Je vais faire attention à quoi ? Au fait que tu m'insultes devant tout le monde ? Que tu m'écrases pour te montrer devant tes amis ? À ce moment précis, je n'ai qu'une envie : hurler dans la rue.

10 On finit par rentrer tous les deux chez moi et comme prévu, nous nous endormons chacun dans notre coin, comme deux inconnus.

CHAPITRE V

5   Nous fêtons aujourd'hui nos quatre mois de couple avec Élodie. Je ne sais quoi trop penser de cette relation. Elle a compris que j'ai besoin de liberté pour être bien, ce qu'elle fait, mais à côté de ça, qu'est-ce qu'elle est chiante,
10   particulièrement aujourd'hui ! Fais pas ci, fais pas ça ! Pourquoi tu t'habilles comme ça ? Je n'aime pas ta coupe de cheveux, je me sens grosse. Ton placard à vaisselle est mal organisé, c'est bien une armoire de mec !

15   J'implore la force de Bouddha de pénétrer en moi. Des fois, je me dis que, face à certaines personnes, même le Dalaï-Lama serait à même de s'énerver.

Alors, pour ta gouverne, premièrement, ta
20   coupe et ta couleur de cheveux que tu estimes être super tendance, eh bien ! Crois-moi, c'est horrible. Ensuite, ta tenue, tu l'as choisie ou c'est ta grand-mère qui te l'a achetée ? Voyons, des fleurs mauves avec tes cheveux rouges et tes
25   chaussures vertes à talons, on dirait un portrait d'Andy Warhol ! Et pour les placards, ce n'est pas moi qui les ai rangés, c'est mon ex ! Et avant elle, c'était une autre ex qui les avait rangés. Elles m'avaient toutes deux fait

exactement la même remarque que toi concernant leur organisation ! Alors, lâche-moi la grappe et occupe toi de tes oignons !

Oups, est-ce que je l'ai pensé ou est-ce que je l'ai dit réellement ? Zut, je ne sais pas, mais vu sa tête, je n'ai pas dû le dire à voix haute.

Bon, d'après sa mine joyeuse et son excellente humeur ce matin, ça doit être le premier jour de sa mauvaise période donc je patiente comme je peux en attendant que ça se termine. Une journée tous les vingt-huit jours, je veux bien, mais quand la journée dure vingt-sept jours, je ne suis pas d'accord ! Surtout que les trois à quatre jours qui suivent sont du même acabit.

Mes amis me disent que je suis attiré par les filles quelque peu caractérielles. C'est un peu exagéré, elles ne sont pas toutes caractérielles. C'est vrai que j'ai eu deux ou trois ex qui battent des records. Élodie fait partie des chiantes moyennes.

Est-ce que je provoque ce genre de comportement chez l'autre ? Autrement dit, est-ce que je choisis des personnes susceptibles de recevoir ce genre de message inconscient ? Sinon, qu'est-ce-que j'ai bien pu faire pour mériter ça ? Je crois que dans une vie antérieure, j'ai dû participer à la crucifixion de Jésus et on me le fait payer aujourd'hui.

Je reconnais que je ne suis pas non plus un ange, il vaut donc mieux avoir un minimum de caractère avec moi.

Pour la remercier de sa patience (tiens je
5   viens de passer du cynisme au sarcasme, je m'améliore), je lui propose une petite soirée sur un bateau-restaurant, ce qu'elle accepte avec empressement malgré sa mauvaise humeur du jour. Il est vrai qu'entre mon boulot, ma fille,
10 mes amis, mes passions, et le fait que j'essaye de la voir le moins possible, on est très peu ensemble. Donc ce soir, petite fête pour petit couple. Je sais que cette relation ne mène nulle part et je me détache petit à petit (décidément,
15 tout est petit dans cette histoire). Je crois qu'elle s'en rend compte et redouble d'efforts depuis quelques jours. Elle est pleine d'attentions. Je suis triste pour elle, car je sais que dans quelques semaines, je vais définitivement arrêter cette
20 relation. Elle mérite mieux qu'un fantôme hyperactif qui confond une route de campagne avec une autoroute et de mon côté, je mérite mieux qu'une acariâtre dépressive.

Dix-huit heures trente, nous arrivons sur le
25 quai où est amarrée la péniche. Ce restaurant flottant propose une balade le long du canal du Midi tout en dégustant des spécialités du Sud-Ouest. Cassoulet et foie gras au programme, tout ce qu'il faut lorsqu'on a le mal de mer. En fait,

c'est un clin d'œil à Élodie puisqu'elle est originaire de la ville rose, Toulouse.

Nous sommes accueillis par le capitaine et une serveuse qui esquisse un léger sourire forcé en nous souhaitant la bienvenue. Elle aussi doit être dans sa mauvaise période. Décidément, c'est une épidémie !

« Veuillez me suivre s'il vous plaît. » nous dit-elle.

Confortablement installés, nous attendons que la péniche lève l'ancre, ce qui se passe à dix-neuf heures « pétantes ». Au bout de quinze longues minutes, la serveuse finit par nous amener nos deux coupes de champagne.

« À nos quatre mois. », dis-je en direction d'Élodie.

Pas de réponse. Ça commence bien, c'est très agréable. Restant le verre levé pendant une minute en attendant une quelconque réaction, je finis par obtenir un timide

« Santé. »

Je l'envoie bouler maintenant et je repars à la nage ou j'attends qu'elle se décrispe, qu'elle me saute au cou en m'embrassant fougueusement ? Je crois encore au père Noël à mon âge.

« Il y a quatre mois, je te trouvais assise sur un banc en train de m'attendre. Quatre mois. As-tu remarqué qu'ils sont passés extrêmement vite ?

Pas de réponse, juste un hochement de tête négligé qui signifie : « fous-moi la paix. »

Pas grave, je soliloque, ça va l'emmerder et me fera plaisir par la même occasion. Et peut-être qu'elle écoutera, sortira de sa mauvaise humeur et qu'on pourra détendre l'atmosphère en papotant un peu.

« Le temps, drôle de notion. Il semble être différent pour chacun même si l'Homme a créé le temps universel, réglé comme du papier à musique et fonction des saisons et de la danse de la Terre autour du soleil. Personnellement, je considère plus le temps comme un cumul d'évènements. Il n'y a donc pas de futur au présent, mais seulement un passé. Dans ces conditions, on pourrait affirmer que chacun est le créateur de sa propre ligne de temps. Il est donc possible, dans une moindre mesure, de créer son propre espace-temps. L'Homme a inventé le temps pour se préparer aux saisons rudes. Grâce à des calendriers, il était possible de se préparer à l'hiver ou de savoir quand planter des graines par exemple. Il est amusant de constater que le même mot « temps » en français est utilisé pour définir une notion de cadencement et de nature. Hasard ou coïncidence ? J'opterais pour les deux puisque dans la langue de Shakespeare, il existe deux mots distincts.

Par la suite, l'Homme a donc établi ces règles de temps plus précises pour cohabiter,

socialement parlant. Dates et heures de rendez-vous, horaires de bus, de train… ces règles permettent à des personnes civilisées de se donner rendez-vous. J'ai bien dit civilisées.
5   Certaines personnes ne connaissent pas ce mot. Mais ce n'est pas le sujet ici, nous en reparlerons peut-être plus tard.

Dans tous les cas, il est sûr qu'une vie bien remplie passera beaucoup plus vite qu'une vie
10   plus monotone. Ce qui est contradictoire avec ce que je viens de dire puisque j'annonce que le temps est un cumul d'évènements et donc, si je cumule beaucoup d'évènements dans une année, le temps devrait être plus long. Étrange… »
15   « Intéressant. » dit-elle machinalement.

Elle n'avait pas écouté. Ça y est, j'en ai usé une autre.

Avec Élodie, il n'y a pas eu ce petit plus qui aurait pu faire que la machine amoureuse
20   continue de tourner. Une histoire de plus qui se termine prématurément. Cela me conforte dans mon idée que je finirai vieux garçon ou moine. Un frisson me parcourt la colonne vertébrale à l'idée d'envisager cette idée.
25   Il va falloir encore se mettre à rechercher quelqu'un d'autre, mais finalement, pourquoi ? Est-on obligé de se mettre en couple ? Dans la case « pour », je mettrais que ça rassure les parents, ça nous rassure de pouvoir compter
30   pour/sur quelqu'un, ça rassure la société. Dans le

mot société, j'intègre les administrations, les banques, les employeurs, les politiques, les religions et bien entendu les avocats spécialisés dans le divorce. Pour ce qui est du contre l'idée
5 du couple, je dirais que la première idée qui me vient est la liberté, liberté de jouir de sa vie, sans les contraintes quotidiennes. Libre de balancer ses chaussettes dans la poubelle au lieu de la machine à laver, libre d'acheter le truc le plus
10 pourri de la terre, de mettre des caleçons Simpsons ou Superman, de regarder les pires conneries à la télévision en mangeant des chips. Bon, si un seul homme cumule tout ça, je pense qu'il finira juste vieux garçon, mais un vieux
15 garçon libre !

J'ai eu la chance de vivre les deux expériences, en couple et libre (que je préfère au terme célibat) et un constat, la sacralisation du couple par la société nous met dans de beaux
20 draps. Cependant, la question essentielle dans un couple : l'amour.

Ai-je déjà aimé, vraiment, sincèrement ? Peut-être, je ne sais pas. Je n'ai pas d'échelle de valeur. J'ai l'impression que oui, mais je n'en ai
25 pas la certitude.

Ayant côtoyé toutes sortes d'amour, amour maternel, amour familial, premier amour, amour passionné, amour pour un enfant, amourette, je peux tenter une évaluation des différents degrés
30 d'amour. C'est très subjectif, je l'accorde, disons

que c'est mon échelle personnelle à mi-chemin de ma vie.

Si je devais évaluer l'amour que j'éprouve, je le ferai de la même manière que le patient évalue sa douleur à l'hôpital, soit sur une échelle de un à dix, un pour une douleur faible et dix, une douleur insupportable (test que je trouve, soit dit en passant, une technique très habile), eh bien ! Je dirais que du point de vue amour de couple, sur une échelle identique, un étant de l'amitié et dix un amour inconditionnel ou encore passionnel, je situerais mon maximum autour de sept.

L'amour, un sujet aussi vaste que la conscience, la vie, la mort. Pour moi, l'amour est le liant de la vie, au même titre que notre conscience. J'irais même plus loin en disant que l'amour et la conscience ne font qu'un. Tous deux impalpables, tous deux irrationnels, sans l'un ou l'autre, impossible d'imaginer une vie totalement épanouie.

L'idée ici n'est pas de proposer un discours démago à propos de l'amour, mais plutôt tenter de le rationnaliser.

Pour commencer, pourquoi l'amour, pourquoi pas les amours ? Je ne comprends pas que la langue française n'ait pas dissocié l'amour parental de l'amour amical ou l'amour entre deux personnes (ou trois pour les plus motivés d'entre nous).

Je dirais tout d'abord que l'amour vécu au quotidien est un acte purement égoïste. L'autre n'étant que le miroir de notre inconscient. Je pense sincèrement que le vrai amour ne peut être 5 vécu ou donné que lorsque les personnes ont suffisamment évolué « spirituellement ». Dans le cas contraire, j'estime que le couple est une question de confrontation de supériorité et rares sont les couples qui sont sur un pied d'égalité. 10 Que voit-on dans l'autre lors d'une rencontre amoureuse ? Le physique, oui, pour gonfler son propre ego et briller en société lorsqu'on sort en couple. Mais il faut penser qu'au-delà de l'apparence, les affinités se font avec les forces 15 et les faiblesses de l'autre. Beaucoup d'écrits sur le sujet, des points de vue concordants, « aimer, c'est ce qu'il y a de plus beau ». Je ne suis pas totalement d'accord, aimer, ça peut également être ce qu'il y a de plus néfaste et destructeur !

20 Le bateau restaurant vogue tranquillement tandis que le soleil décline, faisant défiler les ombres des saules pleureurs disposés le long du canal.

Essayant de ne pas m'évader, je finis par me 25 laisser happer par mes songes.

La conscience est-elle logée dans le corps humain ou est-elle ailleurs ? Dans ce dernier cas, le cerveau humain serait une sorte de récepteur radio et la conscience serait 30 *l'émetteur. Et dans ces cas-là, quid de nos émotions ? Sont-elles liées à notre conscience ou uniquement à notre enveloppe corporelle ?*

Pourquoi ne pas imaginer que nos émotions seraient sur des canaux bien distincts. Nous fabriquons nos propres ondes, ou nous rentrons en résonnance avec celles-ci. Dès que les fréquences sont similaires, on a l'impression d'être connecté à l'autre. N'avez-vous jamais remarqué que la colère, l'angoisse, la gaîté est communicative ? Et si nos récepteurs captaient également les amplitudes des fréquences des personnes qui nous entourent ? Certains appellent ça l'empathie. Je dirais que certains ont des antennes plus sensibles que d'autres.

Ce qui est amusant avec cette théorie, c'est qu'elle rejoint la théorie des cordes en astrophysique. Chaque élément de matière serait un peu comme une corde qui vibre à une fréquence donnée.

Donc, finalement, nous ne serions que des ondes. En couple ou en groupe, on remarque que les effets sont amplifiés. Si vous êtes en colère et que la personne en face de vous l'est aussi, la pression ne redescendra pas. Si au contraire, la personne est calme, la pression redescendra rapidement. Un peu comme dans un groupe, difficile de rester énervé ou en colère si tout le monde est positif autour de soi.

En faisant une métaphore basique, je dirais qu'un groupe de personnes est comme un philharmonique. Si un des instruments est désaccordé, la mélodie ne sera pas agréable à l'oreille. De même si un des instruments n'est pas dans la mesure.

5   *Pourquoi la musique est universelle ? Parce que ce ne sont que des ondes, l'harmonie est donc universelle. Nous serions donc sensibles aux fluctuations de fréquences. Nous pouvons nous caler sur des fréquences qui nous*
10   *entourent. En reprenant l'exemple du groupe, si ce dernier se cale sur une fréquence spécifique, l'individu lambda s'y calera également s'il n'y prête pas attention. J'appelle ça, la « synchrosoïde », qui est la contraction des mots*
15   *« synchronisation » et « sinusoïde » qui est la forme d'une onde visualisée avec les instruments de mesure. Lorsque nous écoutons une mélodie qui nous « parle » nous entrons en résonance avec elle, ainsi que toutes les personnes qui*
20   *auront la même sensibilité « fréquentielle ». L'amplitude de l'onde étant proportionnelle à l'émotion dégagée par un groupe par exemple, nous pouvons aisément comprendre les évanouissements de certaines personnes dans un*
25   *concert. Ces personnes plus sensibles seraient submergées par cette onde de grande amplitude. En regardant le monde avec cette nouvelle donnée, beaucoup de choses paraissent logiques. Nous utilisons des ondes tous les jours sous*
30   *différentes formes, électricité, téléphone,*

Internet, musique, moteurs... Si tout notre quotidien est régi par des ondes, pourquoi pas nous ?

Difficile de réfléchir sur un sujet aussi inconsistant. Il s'agit de données impalpables à l'instar de la conscience. Nous ne pouvons qu'observer des effets et interpoler les données. On peut donner de nombreux exemples d'observations indirectes de ces ondes. Celle qui me vient à l'esprit est le couple. J'ai remarqué avec amusement (avec du recul) que les gens essayent de changer les autres et non de se changer. L'idée étant de se sentir le mieux possible au détriment du bonheur de l'autre. On parle d'harmonie dans le couple. Je dirais que l'harmonie vient du fait que les fréquences sont compatibles.

« Ça y est, tu es encore parti loin de moi. »

C'est Élodie qui me parle.

« Pourquoi dis-tu ça ? »

« Écoute, je pense que tu t'ennuies avec moi, enfin je ne pense pas, j'en suis sûre désormais. »

« C'est dingue, tu penses que ci, tu penses à ma place, mais tu penses de travers ! Écoute, j'en ai marre, tu es chiante, tu es caractérielle et tu oses rejeter tout sur moi nos problèmes de couple ? J'en ai assez de devoir m'écraser pour éviter de te blesser. »

« Tu n'es pas normal Julien, va te faire soigner par un psychiatre ! »

Énervé, je me lève de table et prends la direction de la proue du bateau et laisse Élodie seule.

5

10

CHAPITRE VI

Parfois, certains mots ou phrases résonnent en vous, des phrases « choc » lancées à des moments sensibles.

Cette phrase lancée sous le coup de la colère dans la péniche, je ne le saurai que plus tard, changera une grande partie de ma vie. Les mots qu'Élodie m'a crachés à la figure ont tourné plusieurs jours dans ma tête pour, au final, engendrer un simple :

« Et si elle avait raison ? »

Dans un autre contexte, dans la bouche d'une autre personne, à une autre époque, peut-être n'aurait-elle jamais pu s'amplifier dans ma tête jusqu'à me faire prendre conscience que c'était peut-être une évidence.

Il est difficile de se remettre en question et pourtant, lorsqu'on regarde avec du recul, les problèmes sont souvent mineurs et peuvent être résolus facilement. Il suffit juste de se lancer et d'admettre qu'il y a un problème.

À l'âge adulte, l'expérience montre que nous évoluons à chaque étape importante de notre vie, mais malheureusement, si nous n'avons pas de « traumatisme », nous stagnons. Chaque évolution majeure de notre personnalité passe donc par la souffrance psychique ou physique. Durs à encaisser de prime abord, nous surmontons nos peines et nos échecs. Personnellement, j'ai souvent remarqué que chaque rupture affective, un décès, un changement de situation professionnel me ramène à mes échecs.

Quelques jours plus tard, me voici, devant la porte du psychiatre. Comme je ne fais jamais les choses à moitié dans ma vie, je me suis dit que j'avais sûrement une pathologie grave. Je m'attends donc à me faire enfermer après la première séance.

Chez ce genre de spécialiste, psychiatre, psychologue, psychanalyste, tout commence par de la gêne (je suppose que sur ce point, je réagis comme pour tout le monde).

« Monsieur R., pourquoi êtes-vous là ? »

« Oula ! Par où commencer ? Eh bien ! Tout d'abord, il faut faire vite parce que je suis garé en double file.

Pas un sourire de sa part, ça va être difficile de communiquer.

« Donc, je vous écoute »

« Euh…oui…eh bien…eh bien je crois que j'ai l'impression que la terre entière est contre moi. Sûrement le syndrome de Calimero »

Tiens, enfin un sourire, il faudrait qu'ils se décrispent tous ces psys en tous genres. On dirait qu'ils ont le poids du monde sur leurs épaules.

En même temps, ils sont comme le reste de la population, ils ont besoin de régler leurs problèmes enfouis depuis l'enfance. A ce qu'on dit, les cordonniers sont les plus mal chaussés.

5 Bon, ça fait dix minutes que j'y suis. Au prix de la consultation, il faudrait quand même que je sorte deux ou trois mots. Je finis donc par me lancer dans une sorte de laïus sans queue ni tête afin d'éviter d'aborder le sujet de discorde entre 10 moi… et moi.

« Eh bien, en fait, une question me taraude l'esprit depuis quelques temps. On découvre de plus en plus de pathologies mentales. Chaque trait de caractère devient un problème psy. Avec 15 l'évolution intellectuelle, finirons-nous tous psychopathes avec des étiquettes de psychopathes, de sociopathes, ou télépathes ? Drôle de vie hein ? on commence sa vie à quatre pat(th)es on finit apathiques et entre-temps, on 20 nous découvre des pathologies toutes les cinq minutes. Notre vie est dirigée contre notre gré depuis notre (pro)création, dirigée par notre inconscient.

L'inconscient. Enfin, peut-on parler 25 d'inconscient sans parler de conscience ? Je ne suis pas expert en théorie psychanalytique, mais les fondamentaux sont accessibles à tous. Seulement, ce qui m'étonne, c'est cet engouement pour une science qui se base sur un 30 phénomène intangible qu'est la conscience.

Aujourd'hui, personne n'est capable de mesurer la conscience, et pourtant, elle régit notre vie et celle de centaine de milliers d'espèces vivants sur notre planète. Le test du riz est assez révélateur que la conscience agît bel et bien sur la matière organique.

Qui n'a pas tenté de comprendre l'inconscient ? Aujourd'hui, certains chercheurs essayent même de le capturer grâce à du matériel de plus en plus sophistiqué. Mais finalement, à quoi cela va nous servir de savoir si on a une conscience et si elle est mesurable ? Ça va nous aider à aller mieux ? Ça va nous aider, grâce à une pilule miracle, à nous éveiller spirituellement ? J'en doute fortement, quoique... Perso, j'ai déjà conscience d'être conscient et ça me suffit amplement pour le moment. En même temps, peut-on être conscient d'être inconscient ? Est-ce que les deux s'annulent comme en maths ? Tiens, est-ce qu'être inconscient d'être conscient s'annule aussi ?

Si la conscience naît avec le corps matériel et quelle ne disparaît pas, ça doit en faire un sacré paquet de consciences cachées quelque part. En effet, si on compte le nombre d'Hommes nés depuis la naissance de la terre et le nombre d'animaux, si on considère que les animaux ont une conscience, ça fait du monde ! Ça doit ressembler aux galeries Lafayette le premier jour des soldes.

La conscience étant immatérielle et n'ayant pas de masse, on peut la considérer comme une énergie. Pourquoi alors ne pas imaginer qu'elle survit à notre mort physique ? En effet, les ondes radio créées par un corps physique (antenne) peuvent traverser des kilomètres pendant plusieurs secondes et survivre sans être « réalimentées » en énergie. Dans l'espace, ces mêmes ondes peuvent voyager pendant des millions d'années sans qu'elles disparaissent, ou jusqu'à ce qu'elles rencontrent un obstacle. Pourquoi notre propre énergie, celle qui nous anime et celle que nous dégageons ne pourraient pas faire de même ? Il existe de plus en plus de relais d'ondes pour la téléphonie, le wifi, etc… Existe-t-il des relais d'onde consciente ?

Si tel est le cas, on peut aisément imaginer que, si l'énergie dégagée par notre enveloppe physique entre en résonance avec ces relais énergétiques (orages, champ électromagnétique, etc…), elle peut exister même corps matériel. Elles seraient, en quelque sorte, en attente d'un nouveau relais physique d'énergie pour continuer d'évoluer. Sans relais pour l'alimenter, l'énergie décroît ou stagne.

Beaucoup de spécialistes en paranormal font le rapprochement entre ces énergies et les esprits ou fantômes. De nombreux témoignages autour de ce sujet, sur toute la planète depuis des millénaires.

Au même titre que les ovnis, difficile à croire tant qu'on ne l'a pas vécu soi-même.

Énergies, ondes, dimensions parallèles, que sais-je encore. Toutes les théories ont été élaborées pour tenter d'expliquer ces phénomènes. Pourquoi si peu de personnes assistent à ce genre de rencontre ? Et concernant les apparitions dites « divines », seraient-elles également des apparitions d'esprits ? Très certainement. Ce qui signifie par simple déduction, en comptabilisant le nombre de croyants sur terre, qu'un pourcentage significatif de la population mondiale croit aux esprits, mais ne se l'avoue pas. Ça fait quand même du monde. On ne peut donc marginaliser ce thème. Dans chaque civilisation à travers la planète et à travers les âges, il est question d'esprits. Ce qui est compliqué et délicat, c'est que lorsqu'on parle esprit ou fantôme, djinn ou que sais-je encore, l'Homme y associe systématiquement la religion. Ce qui ne crédibilise par notre sujet face aux sceptiques, qui sont bien souvent non croyants. En même temps, je les comprends, comment être crédible aux yeux des sceptiques en utilisant des termes comme ange, démon, archange, ange gardien ou autre ?

Je ne sais quoi en penser, difficile pour un sceptique d'en parler, mais je peux essayer d'imaginer des explications.

Première théorie : manipulation mentale, télékinésie (à l'instar de l'expérience du fantôme « Raymond »).

Seconde théorie : croyance populaire. Les esprits sont ancrés dans les us et coutumes sur tous les continents. Pourquoi ? Est-ce une phase d'évolution normale pour l'Homme ? Je veux dire par là que pour évoluer, l'Homme doit-il passer par certaines phases ? À commencer par les sépultures ? L'idée des esprits est-elle venue après l'idée d'enterrer les morts ? Pour ma part, je pense que oui. La peur que le mort revienne hanter les vivants parce qu'on a laissé leur corps se décomposer et/ou se faire dévorer par les prédateurs ? C'est étonnant de voir que le spirituel est venu avec le matériel, on invente des outils, on invente le feu, on enterre les morts. Pourquoi enterrer les morts si on ne croit pas aux revenants ? Par respect pour le mort ? Ridicule, quand on voit les vivants qui se déchirent pour les héritages, on peut aisément imaginer que la plupart se moquent bien de savoir si le mort est bien emmitouflé dans son cercueil. L'Homme a peur de la vengeance d'outre-tombe. Le spectre de la vengeance si je puis dire.

Ce qui est amusant, c'est que je mets au défi le plus sceptique d'entre nous de rester de marbre si on se retrouve seul dans le noir et dans un lieu, dit « hanté ». D'autant plus si on a vu le film « Poltergeist » ou « Paranormal activities » juste avant ! Je trouve que ce sujet est intéressant puisque touchant, de même que Dieu, l'ensemble de la population. C'est un sujet transversal, croisant la religion, la science, la vie et la mort et qui n'a toujours pas trouvé de réponses viables. C'est autant un sujet tabou que non tabou. Il passionne, questionne, rend mal à l'aise ceux qui y croient, fait sourire ceux qui n'y croient pas.

Et si ça existait vraiment ? Et si notre vision étriquée (spectre visible à nos yeux) et notre point de vue intellectuel ne nous permettaient pas d'appréhender toutes ces choses ?

Ce qui me dérange le plus dans tout ça, c'est qu'on essaye d'expliquer des phénomènes intangibles par des choses encore plus intangibles.

« Monsieur R. ? »

Tiens j'entends une voix, un fantôme ? Ah non, ça doit être la psy.

« J'ai dit des bêtises ? »

« Non, je vous arrête parce que vous digressez pour éluder le vrai problème Monsieur R. Personnellement, ça ne me dérange pas, ce que vous dites est intéressant, mais ça ne va pas vous aider dans le solutionnement de vos problèmes. »

Je sais au fond de moi qu'elle a raison. Les minutes passent, je tente de trouver le courage de me lancer et d'entamer le sujet qui fâche. Le déclic me vint à la fin de la première séance.

5 Chose positive pour moi en sortant :

« Au moins, je ne me suis pas fait enfermer avec une camisole de force. »

Deuxième séance, je m'installe donc dans ce fameux divan, pas très confortable du fait de ma

10 grande taille.

C'est décidé, aujourd'hui, je déballe tout ce qui me passe par la tête et qui me semble être important pour défaire ces nœuds inconscients. Après quelques minutes, je me remets en place

15 sur mon siège et esquisse une grimace de douleur. Je ne sais pas, aujourd'hui, quelques mois après cet accident de parachute si je regrette ou non. J'essaye de ne pas trop regarder en arrière, ça nous rend souvent nostalgique et

20 nous tétanise, mais pour ce coup-ci, je me demande régulièrement si j'ai vraiment fait le bon choix en sautant en solo pour ma première. Trouver ses limites, intellectuelles, combattre ses peurs, hypertimidité, vertige, confiance en soi. Je

25 suis persuadé que toutes nos peurs peuvent être combattues, qu'elles soient physiologiques telles que le vertige ou psychologiques telles que la timidité. Affronter ses peurs fait grandir, repousse les limites du corps et de l'esprit,

accroît sa confiance en soi, mais avant tout permet de relativiser les choses.

La seconde séance se termine et je sors prendre l'air frais.

5 Ça y est, j'ai entrouvert les portes de mon passé. Je ne sais pas si mon corps veut sourire ou pleurer. Je suis empli d'émotions contradictoires. Si les menstruations ressemblent à ça, je comprends mieux les sautes d'humeurs d'Élodie.

10 Pour ne plus être prisonnier de mon passé, on me dit que je dois me libérer de tous mes fardeaux inconscients. De là, je pourrai enfin être moi. Dans tous les cas, l'éveil spirituel, que certains estiment être l'aboutissement de soi,

15 peut-il m'aider à payer mon loyer ? Ce n'est certainement pas en étant en extase devant un papillon que mon compte en banque va se remplir.

Bon, je crois que j'ai légèrement digressé. En

20 tous cas, les étapes clés d'une vie ne se mesurent pas sur une échelle de valeur. Des étapes peuvent paraître importantes dans une vie, puis avec du recul, se dire que finalement, beaucoup de bruit pour rien. A contrario, des petits détails

25 peuvent faire tout la différence.

Les semaines qui ont suivi furent la période transitoire la plus étrange de ma vie. Un mélange de passé, de présent et de souhait de concrétisation du futur.

Il est étonnant de voir que les nœuds inconscients qui peuvent gêner notre conscient d'aujourd'hui ont, la plupart du temps, pour origine un problème du passé. Cependant, même si il est facile de dire « j'ai un problème, je dois consulter », ce qui est déjà une étape importante de franchie, il faut se préparer à endurer des jours voire des mois difficiles, à cœur ouvert et à conscience ouverte si je puis dire.

Personnellement, j'ai pris un réel plaisir à fouiller mon inconscient par le biais de la psychologue, bien entendu, mais également par le biais de mon acharnement à entériner rapidement cette phase pour me reconstruire sur des bases saines.

Il est, à mon sens, nécessaire de se faire une pause régulière pour observer ce qui a été fait, si la route empruntée est la bonne. Enfin, je dis ça, mais quand je regarde en arrière, ça me fait peur. Tellement de choses faites, que vais-je pouvoir faire d'autre ? Du coup, grâce à ce nouveau regard sur moi, je me rends compte qu'il faut désormais se recentrer, avancer, mais sur place, déroutant non ? Regarder au fond de soi, et nettoyer un peu le bordel, faire du ménage. En creusant au fond de moi, si je pouvais un peu nettoyer mes poumons et éponger un peu mon foie, ce serait une bonne idée. Profiter de la vie, c'est bien, mais là, je brûle la chandelle par les deux bouts. À ce rythme-là, j'annonce mon décès dans moins de dix ans.

Je vais finir ma vie sur un goût d'inachevé, comme la plupart de mes projets, mais qu'importe, le chemin que j'ai parcouru est semé de rencontres, de discussions qui m'ont fait grandir humainement. Finalement, c'est peut être ça le but, les questions existentielles ne sont là que pour nourrir l'âme et le maintenir en éveil. Que ferait-on si toutes les connaissances nous étaient données ? Des questionnements découlent la réflexion, et celle-ci nous fait évoluer. Sans réflexion, nous ne sommes qu'amas de cellules sans grand intérêt.

On pourrait envisager que les questions métaphysiques nous maintiennent en vie d'un certain point de vue. Cependant, il est vrai qu'un certain pourcentage de la population a encore du mal à entrevoir le terme de réflexion hormis lorsqu'il faut se regarder dans un miroir. Il est même étonnant, vu le regard vide de certaines personnes que l'on peut croiser dans la rue, que ces gens soient encore vivants.

D'ailleurs, ne vous êtes-vous jamais demandé ce que pensent les gens que vous croisez ?

Tiens, celle-là :

« Je suis en retard, je transpire, ils vont le remarquer »

Ou celui-là :

« Marre de ce boulot de merde »

Réflexion récurrente chez de nombreuses personnes d'ailleurs, j'en suis sûr.

Ou celle-là :

«Mince, je m'ai cassé un ongle !»

5 Ou encore lui :

« Il est mignon le petit écureuil, j'aimerais le prendre dans mes bras »

Eh oui ! Celui-là, c'est un enfant…

Finalement, cette phrase, ces quelques mots
10 qui m'ont permis de m'ouvrir, eh bien avec du recul et la thérapie, c'était en partie vrai. Vrai parce que finalement, chacun d'entre nous devrait faire ce travail d'introspection. Et en partie vrai, parce que, lorsqu'elle disait d'aller
15 me faire soigner, c'était d'elle dont elle parlait. Un effet miroir qu'elle n'a toujours pas compris, mais ça, c'est une autre histoire.

Cette introspection m'aura au moins permis de m'éclairer sur cette relation stérile.

20 « Tu n'es pas normal, va te faire soigner par un psychiatre ! »

Cette phrase, somme toute anodine et entendue déjà plusieurs fois dans ma vie, m'a permis de mettre en lumière quelque chose que
25 j'avais au fond de moi. En fait, en voulant m'affecter, la personne m'a délivré. Je la remercie donc de m'avoir offert ce merveilleux cadeau.

Je sors grandi de cette histoire. Mais je me
30 rends compte que chacune de mes histoires

m'ont fait grandir, d'une façon ou d'une autre. Même les histoires qui n'en ont jamais été, celles qui n'ont été que des envies d'histoires.

5

CHAPITRE VII

Bon alors, comment le lui annoncer. Je ne sais jamais comment faire, je voudrais éviter de la blesser ou du moins, limiter l'impact de l'annonce. La fin d'une histoire est souvent une remise en question. Mille questions se posent alors : « suis-je si nul ? », « Qu'ai-je donc fait ? » etc…. Et puis, le temps passe, on oublie, ou pas. On se remet en couple avec quelqu'un d'autre et on compare. On compare avec ce qu'on a perdu. On met dans la balance et on choisit de rester ou de partir.

Bon, je ne vais pas tergiverser, je suis fatigué de devoir me justifier. De toutes manières elle n'écoutera pas la moitié de ce que j'ai à lui dire. Et la conversation finira par un sempiternel : « Tu ne sais pas ce que tu perds ! »

Si si, je sais, je vais perdre soixante-cinq kilogrammes de hargne et de rancœurs. Ça va me faire des vacances.

Je décide donc de lui envoyer un mail, ce n'est pas très cool de ma part, mais elle m'en a fait baver et je n'ai pas envie qu'elle vienne me critiquer gratuitement, j'ai assez donné. Et je me dis que les écrits ont cette fascinante faculté de graver les mots dans l'esprit du lecteur.

Élodie,

Nous voilà à un point de non retour, enfin pour ma part. Les dernières semaines avec toi ont été épouvantables. Je perds mon âme en restant à tes côtés et mon âme, je n'en ai qu'une et je souhaiterais la conserver intacte. Que pouvais-je faire d'autre ? Comment pourrais-je supporter toute cette colère qui m'envahit minute après minute, jour après jour à cause de toi ? Cette colère qui prend source dans l'incompréhension. La mienne et surtout la tienne. Observer et savoir ce qui est logique et juste, avoir tant de recul que l'évidence te saute aux yeux, ça t'est déjà arrivé, quelle que soit la situation, quel que soit l'âge, j'en suis persuadé. Mais quel que soit le recul qu'on peut avoir sur une situation, quelqu'un d'autre aura toujours plus de recul que toi. Cette personne, pour cette fois-ci, et bien c'est moi.

Au-delà de tout jugement, il faut te poser cette question : puis-je réellement prendre de la hauteur si une situation me touche personnellement ?

Comment faire pour accepter d'être critiqué alors que je ne souhaite que t'aider grâce à mon expérience acquise, grâce à ces expériences, grâce à cette faculté d'observation et d'analyse qui est en moi et qui se base sur la logique et les faits ? Comment accepter que l'autre vous blesse, vous piétine alors que vous lui tendez la main pour éviter qu'il ou qu'elle fasse des erreurs ? Comment faire quand vous avez tout essayé, la logique, la compréhension, la colère ou le chantage, pour faire réagir, pour aider l'autre ? Il ne reste qu'une solution, accepter que l'autre continuera à poursuivre sa route dans l'erreur. Accepter, quitte à se perdre soi-même, accepter la critique de l'autre. Ou alors arrêter la relation avant d'avoir tellement d'aigreur que ça nous rongerait, inexorablement.

J'envie vraiment les personnes qui prennent les choses comme elles viennent et qui non pas à penser aux conséquences que chaque acte ou geste pourrait avoir sur autrui. J'envie ceux qui se moquent bien si telle ou telle chose n'est pas logique ou cohérente.

Je n'ai pas la science infuse et toi non plus. Tu as des problèmes, j'ai des problèmes, la seule différence est que moi, j'en ai conscience et j'essaye de les régler, de voir des gens compétents, de me remettre en question. Et même si parfois, j'ai du mal à l'encaisser, je prends tout en considération. Tu penses que tes problèmes sont mineurs ou que tu es suffisamment intelligente pour les régler seule, mais c'est grotesque, ça en est presque pathétique. Un peu comme le coq qui continue de chanter alors qu'il marche dans la merde.

Je parais insensible, j'ai un quotient émotionnel au « ras des pâquerettes » comme tu le dis. Mais que peux-tu savoir sur ma sensibilité, sur mon émotionnel, sur la façon dont je tente d'endiguer ce flot d'émotions quotidien ? Toi qui sais tout sur tout, dis-moi comment faire pour ne plus sentir et ressentir les émotions des autres ? J'ai toujours été très sensible et émotif. Les gens m'ont poussé à me protéger et ça marche plutôt bien. Je transforme mes émotions en colère ou en attaque bien ciblée pour me venger de cette attaque personnelle, cette attaque qui touche à mon intégrité émotionnelle. D'autres font différemment, fondent en larmes, hurlent un bon coup, vont faire du sport... Je ne fais pas comme ça, j'encaisse jusqu'au moment ou je ne peux plus rien contenir, et là, je ne contrôle plus, je me laisse aller aux émotions, aux larmes, finie la colère.

Je voudrais tant faire différemment, je voudrais laisser faire les choses sans que ça me prenne toujours à cœur, j'aimerais tant pouvoir aimer simplement, j'aimerais ne pas ressentir tout ce que je ressens. Ça fait la quatrième ou cinquième fois que quelqu'un me dit que je suis spécial. Qu'est-ce que j'ai de spécial ? Si je suis si spécial, pourquoi me laisser partir, pourquoi

ne pas m'avoir retenu ? Tu m'as laissé partir, sans comprendre que j'ai besoin de rester plutôt que de critiquer alors que je ne voulais initialement que ton bonheur. Les grands
5   *espaces m'attirent, ils sont en moi, je ne peux pas me mentir, je ne suis pas comme tout le monde. Je veux savoir qui je suis, j'ai besoin de voir au-delà de moi, au-delà de ce que les années de modelage social ont fait de moi. Il y a*
10   *quelqu'un au fond de moi qui veut voir le jour après avoir été écarté. Il est temps qu'il refasse surface pour me faire exister enfin. Qui est au fond de moi ? Je revois un petit garçon timide, effacé, gentil, curieux, émotif, hypersensible,*
15   *hypersensible... Je ne le vois pas, mais je sais qu'il me guide, dans l'ombre, il observe et apprend pour ressortir plus fort, mais aussi plus humain. Je sais que lui prendra les gens tels qu'ils sont, pourra donner tout l'amour que je*
20   *réserve à ma fille. Je veux que ma fille, mon ange puisse évoluer sans faire les erreurs que j'ai commises même si je sais que chacun doit faire sa route et affronter la vie. Quelque part, à travers elle, je refais ma jeunesse.*

25   *Mais aujourd'hui, j'ai créé une carapace tellement robuste que j'ai moi-même du mal à comprendre comment faire pour m'en sortir. Je suis allé loin avec cette carapace, j'ai déplacé des montagnes, repris une confiance en moi*
30   *quasiment inébranlable, mais après avoir*

franchi ces montagnes, je m'aperçois qu'il y a encore des montagnes à perte de vue, jusqu'à l'horizon. Rester

Telle la brebis, je me suis égaré, j'avais l'infime espoir de pouvoir être compris en m'entourant d'une personne qui me ressemble a minima. Je pensais que tu pouvais être cette personne. Je me suis trompé, la seule vision que tu as de moi aujourd'hui, c'est d'être une victime, quelqu'un de versatile, de colérique, qui ne sait pas accepter la critique, d'imbus, limite prétentieux.

Eh bien écoute, va trouver une autre bonne poire à critiquer. Personnellement je continuerai à avancer, je tomberai sûrement encore, mais je me relèverai.

Tu mérites mieux et moi également. Merci pour les beaux moments passés en ta compagnie. Il y a eu beaucoup de belles choses entre nous, mais malheureusement, elles ne compensent pas les choses négatives.

Affectueusement.

Julien.

Même dans mes ruptures, j'en fais des tonnes.

Voilà, tout est dit. J'efface son numéro, son mail et je range les photos de nous dans un coin de disque dur que je n'ouvrirai pas avant des années.

Une page de ma vie encore tournée.

5

CHAPITRE VIII

5   Voilà deux mois que j'ai quitté Élodie et, comme d'habitude, malgré son sale caractère, j'ai du mal à m'en remettre. Cela vient toujours à rebours, lorsque je m'octroie du temps pour faire une pause. Lorsque des milliers de questions se
10   bousculent et me brouillent l'esprit. Lorsque ces envahissantes pensées m'assaillent, les questions amoureuses se réveillent, inexorablement, que je sois en couple ou célibataire. « Est-ce-que j'ai fait le bon choix en restant/quittant ? Qu'est-ce-
15   que je recherche au final ?

     J'ai aujourd'hui trente-neuf ans, je ne sais que penser de mon parcours personnel et professionnel. Les critiques sont assez bonnes dans l'ensemble, mais je ne sais vraiment pas
20   quoi en penser. J'imagine que je suis sur la bonne voie. J'ai une fille merveilleuse, un travail chronophage qui me passionne, une famille aimante et des ami(e)s aussi barré(e)s que moi (c'est une dédicace).
25   Suis-je loin de mes rêves d'enfance ? Et si c'est le cas, est-ce si grave ? Je ne pense pas. J'avance en faisant attention de ne pas trop écraser ma puce par ce que je peux faire. Je me dis que les enfants veulent souvent surpasser leur

parent pour que ces derniers soient fiers. Il ne faudrait pas qu'elle abandonne tout rêve parce que son père avance comme un TGV dans la vie. *Des questions essentielles se posent tout le long de la vie. Elles évoluent pour la plupart. Peuvent vous pourrir l'existence ou au contraire, vous faire avancer. Je pense que les réponses à nos questions nous font passer des étapes dans la vie. Une sorte de grand jeu de questions-réponses, un Trivial Pursuit de la vie. Plus on avance, plus on répond à ses propres questions, et plus le jeu devient difficile, mais gratifiant. De questions vagues, lorsqu'on est enfant aux questions existentielles à l'âge adulte, il faut réussir à se poser les bonnes questions. De : « Papa, pourquoi le ciel est bleu si l'espace est noir ? » à « qui suis-je ? », beaucoup d'eau a déjà coulé. Mais beaucoup de personnes bloquent sur cette question ancestrale et toujours sans réponse puisqu'on a tous notre propre réponse à cette question. Il existe également d'autres questions pièges, comme pourquoi suis-je sur terre ? Je pense que la question est mal posée dès le départ. Tout est question de formulation. C'est un peu comme résoudre un énorme problème. Il est souvent difficile de le résoudre techniquement et mentalement. Une solution qui fonctionne bien souvent dans la vie, décomposer le problème en plusieurs sous-tâches qui se résoudront plus*

simplement. Pourquoi ne pas faire ça avec ses propres interrogations ? Je poserais donc plutôt la question suivante : « Qu'est-ce que je pourrais bien faire dans la vie qui pourrait me
5 *satisfaire et qui pourrait me faire dire au seuil de la mort que j'ai fait ce qu'il fallait ? ». Ce qui est amusant, c'est que cela permet premièrement, de se voir sous un autre angle et, deuxièmement de se rendre compte qu'il n'existe*
10 *pas de réponse idéale à la question « pourquoi suis-je sur terre ? ». La réponse évolue avec le temps, avec ses ambitions, avec son parcours... Il en va de même avec d'autres questions qui nous font stagner dans la vie.*
15 *La vie est une question de ... questions. Du singulier, naît le pluriel.*

Quand on y pense, on dit souvent : « bienheureux les simples d'esprit ». Si on ramène ce dicton à des questions de question, ils
20 ne s'en posent pas (de questions).

Depuis cette rupture et cette thérapie, j'ai appris à « lâcher prise ». Et aujourd'hui, même si je cours après beaucoup de réponses, ne plus s'encombrer l'esprit par des questions
25 récurrentes et quotidiennes, c'est très plaisant et reposant.

Grâce à ces changements en moi, j'évite désormais d'imaginer le déroulement d'un rendez-vous ou d'une situation. J'ai fini par
30 remarquer que cela ne se déroule absolument

jamais comme je l'avais imaginé. J'ai beau imaginer plusieurs scénarios, il y a toujours eu une variable qui vient modifier mes plans. Un peu comme si, le fait d'imaginer une situation créait un univers alternatif qui ne pouvait pas coexister avec des évènements de notre propre univers. Le fait d'imaginer éliminerait automatiquement des possibles à chaque nœud important de sa vie. Par exemple, j'ai rendez-vous avec untel demain matin. Ça, c'est un nœud (même si le rendez-vous peut être annulé au dernier moment). Si j'ai imaginé qu'à l'issue du rendez-vous, j'aurai telle réponse, ça n'arrive jamais ! Donc, soit, j'imagine tous les scenarios désagréables pour les éliminer des champs du possible, soit j'essaye de ne pas y penser. L'avantage de penser négativement me permet d'envisager le pire, de m'y préparer et d'aller au rendez-vous avec beaucoup moins de pression. C'est une technique comme une autre.

Bien entendu, on ne peut pas éluder toutes les questions importantes dans la vie. Par exemple, au moment où j'écris ces lignes, je suis en plein questionnement sur mon avenir professionnel qui influera automatiquement sur mon avenir personnel.

Je suis à un tournant de ma vie, encore un, ça devient lassant… en fin de compte, ma vie ressemble plus à un rallye en montagne qu'à une autoroute californienne. Peut-être parce que je me pose encore beaucoup de questions. Finalement, si je schématise ma vie, je dirais qu'elle ressemble à un arbre trentenaire dont les ramifications sont autant d'actions importantes qui ont influé sur celle-ci. Il existe des branches mortes, représentant les choix stériles, mais quand je regarde cet arbre, je le trouve à mon goût. Suffisamment de ramifications et de branchages pour capter le maximum de lumière, des racines profondes et à côté, protégé des vents, un arbrisseau verdoyant qui ne demande qu'à grandir.

La plupart du temps, chaque action est la conséquence d'un choix, donc d'une ou plusieurs questions posées. La question influe-t-elle sur ces actions ? Dans le sens où, imaginer le champ des possibles avant chaque embranchement peut ouvrir d'autres voies. Par exemple, si je schématise, à gauche, une personne lambda qui réfléchit normalement, à gauche, quelqu'un de plus entreprenant.

Ce qui est amusant avec ces schémas, c'est que, à l'instar de la physique, notre vie suit le même phénomène d'accélération, d'effet gyroscopique, de gravité… Lorsque je souhaite prendre un virage après une ligne droite, l'effet nous force à rester en ligne droite, il est difficile de tourner. Il en va de même dans la vie, le changement est difficile. Du coup, on reste en ligne droite, sur une autoroute qui nous mène à la fin. Autoroute ennuyeuse qui nous hypnotise. Vous savez, comme lorsque vous roulez pendant des heures en oubliant parfois la route que vous venez de faire parce que vous rêvassiez. Mais ne croyons pas qu'avec l'âge, nous prendrons de meilleures décisions et que lorsque nos enfants seront grands ou lorsque notre situation personnelle ou professionnelle sera stabilisée, nous pourrons enfin faire les choses dont nous avons toujours rêvé, c'est une utopie. J'ai entendu de nombreuses fois, le commentaire : « j'ai des idées de projets et j'ai toutes les compétences pour faire un truc super ! Mais ce n'est pas possible, j'ai un crédit maison sur sept cent quatre-vingt-cinq ans et j'ai deux enfants et un chien ! Sinon, c'est sûr, je pourrais être riche en même pas cinq ans grâce à mon idée ». Comme le dit souvent un ami : « les excuses, c'est comme le trou du cul, tout le monde en a ! » Et une chose est certaine, lorsqu'il faut changer de cap dans la vie pour un avenir moins certain, mais qui nous ressemble plus, les Hommes sont capables de bien des trouvailles en termes d'excuses. Mais pas de panique, c'est le cas pour la grande majorité d'entre nous. Je pense aujourd'hui que les personnes les plus aptes au changement sont des personnes un peu plus inconscientes, un peu plus rêveuses que la moyenne. Je dirais même qu'il s'agit de chimie du cerveau.

Mais finalement, est-ce si important ? Quel que soit le chemin que je prendrai, je finirai dans un caveau au point B (je préférerai finir en point G, mais je doute pouvoir le faire)... peut être plus ou moins vite, avec un caveau plus ou moins luxueux, avec plus ou moins de personnes à mon enterrement et avec plus ou moins d'amertume. Eh bien ! Après d'âpres réflexions, je dirais que oui, c'est important. Je me rends compte que, s'il y a bien une chose qui m'importera au seuil de ma mort (en même temps, je n'y suis pas encore et j'aurai peut-être d'autres souhaits d'ici là), c'est de partir sans regrets, avec le sentiment d'avoir fait ce qu'il fallait, du moins, ce que je pouvais. Ne pas regretter tel ou tel chemin, on ne sait pas de quoi sont faits tous ces possibles dans la vie. C'est peut-être prématuré, mais hormis le fait de laisser ma fille seule et de partir avant les gens que j'aime, je partirais aujourd'hui sans regrets. Point de vue professionnel, j'ai passé bien des étapes et je ne vois pas ce que je pourrais faire de plus. Je suis enfin fier de moi, ce qui est primordial pour avancer dans la vie. D'un point de vue personnel, j'ai une princesse merveilleuse, une famille aimante, une vie amoureuse remplie, des amis sincères, la santé (bon, sur ce point, joker) et j'ai découvert et appris beaucoup de choses.

ÉPILOGUE

Seize heures, je rentre chez moi, je passe par le parc, je retrouve mes deux clochards qui papotent pour combler leur manque affectif.

Ça y est, j'ai décidé de changer de travail. Je vais également déménager. Quand on redémarre de zéro, il vaut mieux effacer toute trace de son passé, table rase, les compteurs à zéro.

Me voilà à la case départ, mais je repars grandi, plus mature, endurci par les années de galères physiques et émotionnelles, mais plus posé, sachant qui je suis et je pense que c'est d'une importance capitale pour notre santé mentale. Je recommence donc et je trouve encore la force de continuer grâce au leitmotiv le plus puissant qu'il m'ait été donné, ma fille.

Je ne sais par où commencer. Mille et une questions se posent depuis quelques semaines. J'aimerais que les choses soient simples, mais il faut que je me fasse une raison, j'ai comme l'impression que rien ne sera jamais simple dans ma vie.

En tous cas, force est de constater que la vie n'est qu'un éternel recommencement et que ma propre vie suit le même axiome.

Après analyse, je crois que j'ai peur d'arriver à destination, mais pour ce sujet, j'y suis arrivé et c'est bien la dernière chose à laquelle j'aurai pensé. Tellement habitué à me battre pour avancer, je ne sais pas comment réagir. Dois-je me poser ? Dois-je me trouver un autre but ? Mais que faire de plus que ce que j'ai pu faire durant ces dix années.

Je sais aujourd'hui que, si je continue sur ce chemin, je mourrai en essayant de gravir une de ces montagnes. J'ai fait tout ce chemin souvent seul, parfois accompagné, mais toujours soutenu moralement. Aujourd'hui, j'ai une fille, elle est trop jeune pour gravir ces montagnes avec moi, je n'ai pas le droit de sacrifier sa jeunesse à faire ce genre de choses. Malgré tout, je continue d'avancer puisque je suis au milieu de nulle part. En faisant ce changement de vie, je cherche un chemin de traverse pour pouvoir enfin me poser. Je suis à bout de souffle, je suis fatigué de gravir ces montagnes. Elles m'ont forgé, appris beaucoup, mais aujourd'hui, j'aspire à un bonheur simple pour enfin faire apparaître mon vrai moi sans sacrifier ce que j'ai acquis durant ces années : Mon positivisme, mon dynamisme et ma confiance en moi…

Je reconnais que la plupart des sujets auxquels je pense sont étudiés depuis des millénaires sans réponses convenables apportées. Je n'aurai donc pas plus de réponse à ces
5　questions que les millions d'autres personnes qui se les sont posées. On peut traiter de tous les sujets, il m'est avis que les réponses seraient inappropriées.

Je ne limite pas mes pensées à des
10　raisonnements matériels dont les faits sont prouvés par des scientifiques en blouses blanches, eux-mêmes contrôlés par de puissants lobbies prêts à tout pour nous faire avaler n'importe quoi (matériel et immatériel). Je
15　m'ouvre à différentes possibilités, même les plus loufoques. Je n'y crois pas forcément, mais je ne me ferme pas les portes de la réflexion.

Étant limité dans mes réflexions « classiques », j'envisage des réflexions moins
20　ordinaires telles que les différents plans d'existences, les esprits, les énergies… Au fond, pourquoi pas, les hommes y croient depuis la nuit des temps, pourquoi réfuter tout ça aujourd'hui ? L'avantage de ces sujets est qu'ils
25　permettent d'ouvrir d'autres voies de réflexions.

Vouloir à tout prix tenter de démystifier seul les mystères de la vie ou au contraire se laisser porter ? Pour moi, ce n'est pas non plus la solution. Il faut trouver son propre équilibre entre se poser des questions et vivre tout simplement.

Une chose qui m'a toujours étonné avec les questions, c'est qu'elles sont à double tranchant. Se poser les bonnes questions au bon moment nous peut nous faire évoluer alors que de se poser trop de questions sur soi, sur l'autre, sur sa vie, ses projets, peut être comme une chape de béton accrochée à nos pieds, nous empêchant l'envol et le bonheur.

Ce thème rejoint la notion de « lâcher prise » qu'on peut voir partout dans les livres de bien-être ou de développement personnel.

Soyons le moteur, la locomotive qui tire les gens vers le haut. Aujourd'hui, je m'éloigne des gens négatifs, ils sont toxiques. Ils ont la fâcheuse tendance à tirer les gens positifs dans leur déchéance. Globalement, les gens positifs ne méritent pas de tirer des gens qui ne le méritent pas. Et si les gens veulent vous aider, agissez, profitez de cette manne pour essayer de vous en sortir. Ce ne sont pas les autres qui vous sauveront, c'est vous-même !

Ce soir, je retrouve ma princesse à l'école. Lorsque je la vois, plus rien ne compte, j'oublie mes problèmes, mes maux et mes colères.

Mon ange, tu ne le découvriras que tardivement, mais les mots ne suffisent pas à décrire ce que je ressens lorsque tu es près de moi. Je chéris cet amour irrationnel qui nous lie

tous les deux. Tu es ma lumière, je veux prendre
pour moi tous tes maux, tous tes malheurs, toutes
tes peurs. Je souffre quand tu souffres.

Je prends la direction de l'école, le sourire
5   aux lèvres en pensant aux retrouvailles avec ma
puce. Je la vois déjà courir vers moi, j'imagine
son sourire et ses petits bras qui m'entourent le
cou. Je hâte le pas pour la retrouver plus vite.
Plus qu'une rue à traverser avant d'arriver à son
10 école.

Je vois enfin l'école, je traverse la route qui
mène à son entrée, toujours dans mes pensées.
Telle une mélodie entêtante, ta voix me berce.
La douceur de ton âme emplit la mienne,
15 *Mon âme vidée par des années de disette.*
J'ai retrouvé, au travers de ton innocence
Mes rêves, mes joies et mes envies d'enfance
Depuis toi, je change en bien, je m'élève,
Depuis toi, ma colère a fait une trêve.
20 *Pour te protéger, je serai à bien des sacrifices*
Je t'aime, tout simplement.

Brusquement, j'entends des pneus crisser sur
le bitume. Le camion, je ne l'ai pas vu arriver...
25